世界少年经典文学丛书

希腊神话英雄

〔德〕斯威布　著

张晓琳　编译

中国出版集团　现代出版社

图书在版编目(CIP)数据

希腊神话英雄／(德)斯威布著；张晓琳编译. —北京：现代出版社，2013.2

ISBN 978－7－5143－1308－6

Ⅰ.①希… Ⅱ.①斯… ②张… Ⅲ.①神话－作品集－古希腊 Ⅳ.①I545.73

中国版本图书馆 CIP 数据核字（2013）第 021752 号

作　　者	斯威布
责任编辑	刘　刚
出版发行	现代出版社
通讯地址	北京市安定门外安华里 504 号
邮政编码	100011
电　　话	010－64267325　64245264（传真）
网　　址	www.xdcbs.com
电子邮箱	xiandai@cnpitc.com.cn
印　　刷	三河市嵩川印刷有限公司
开　　本	700mm×1000mm　1/16
印　　张	9
版　　次	2013 年 2 月第 1 版　2021 年 8 月第 3 次印刷
书　　号	ISBN 978－7－5143－1308－6
定　　价	29.80 元

序　言

　　孩子是未来的希望，是父母心中的天使，是充满快乐的精灵。小学阶段更是孩子最快乐的时光，是孩子成长发育的黄金阶段。为了让孩子学习更多的课外知识，享受更加丰富的学习乐趣，我们策划了本丛书！

　　从小让孩子多读课外书，对培养孩子健康的心态和正确的人生观无疑将起着非常重要的作用。自《语文课程标准》公布以来，不少富有敬业精神、有才干的教师，在他们的教学中，担当起阅读教育的重担。他们在严谨的选材中，利用丰富的文学资源，向学生推荐了大量优秀的课外读物，实施了以"练成阅读和作文的熟练技能"为重要内容的阅读教育。大千世界充满了丰富的知识。阅读能丰富小学生的语文知识，增强阅读能力，提高写作水平，开阔视野，增长智慧。阅读本丛书，能够使孩子享受到阅读的快乐，激发起更浓厚的阅读兴趣，孩子的生活将充满新的活力与幸福！本丛书精选了世界名著和中国经典书目中流传最广、影响最大、最脍炙人口的作品，是培养小学生理解能力、记忆能力、创造能力的最佳课外读物。

　　最后需要指出的是，本丛书把世界上流传甚广的经典童话、寓言等也尽收其中，并将这些文学作品重新编写审订，使作品在不影响原著的基础上更适合少年儿童阅读，在丰富他们课余生活的同时提高语言和文字表达能力。本丛书通过科学简明的体例、丰富精美的图片等有机结合，使小读者不仅能直观地领略作品的精髓，而且还能获得更为广阔的文化视野和愉快体验。希望本丛书能成为孩子生活的一缕阳光照亮孩子前进的道路，能成为一丝雨露滋润孩子纯净的心灵。

编　者

目　录

第一部　底斯莱的英雄传说

第二部　阿耳戈斯系的英雄传说

第三部　战神阿瑞斯系的英雄传说

第四部 雅典系的英雄传说

第一部　底斯莱的英雄传说

一　发　端

在古代的时候，有一个国王名为埃俄罗斯的，在底萨莱统治着；底萨莱是产良马的区域。他有七个儿子，照着当时的习惯，全都散到世界各处去寻求他们的幸福。他还有五个美貌的女儿，也都嫁了邻邦的王子。所有埃俄罗斯的孩子们，在他们所到的地方，全都发达、著名；神道们起初是帮助他和他的诸子们的，因为他乃是正直的丢卡利翁的儿子。但他们之中却有几个因富贵而生了傲慢之心，乃为神道们所怒，不得善终。这里没有时间将所有的埃俄罗斯的子孙们的故事一一的叙说出，只能说到那些曾为希腊的歌者所歌咏的不朽的英雄们。

二　爱洛依士的二子

埃俄罗斯的女儿卡娜克从小便异常的爱海。有许多次，她在宫苑中和游伴玩着时，常捉空儿离开了他们，独自在海岸上漫游着，如梦的看着前推后拥的绿波；她的心随着滚滚滔滔的海水而走远。当她成了人的时候，海的魔力，格外的使她感到波涛的啸吟，如一个情人在她耳朵边低声的温柔的祈请着。有一天，她心中充满了无名的希求，俯下身去，浸没她的白臂于涟涟的潮水中，仿佛她渴望要将蓝色的海水拥抱在她怀中一样。然后突然的，她惊觉到海中乃另有双臂来迎着她，更有别一个心胸贴在她的胸前，扑扑地跳着……于是她沉入一场幸福的梦中。当卡娜克神智恢复时，她正独自躺在海边上；暮色很快的包裹了一切，推拥跳跃的浪沫鬼似的白，包围于她的足上；远远的无垠的海波上，逐渐的暗下来的暗影之下，她还能听见四马奔驰的声音，还能看见一驾车，车上有一位挺立的人；他似比常人更为高大，手中高举着一具巨大的三股叉，如月光似的在暮色中熠耀着。她那时才知道刚才和她在一处的乃是普赛顿，便快乐而战栗地回到了她父亲的宫中。

过了不久，国王将卡娜克嫁给一位猛勇的酋长爱洛依士为妻；但当她生了她的一对头生子时，外间不久便谣传，说她所生的一对双生子，乃是一个神道生的。因为这一对孪生的男孩子，相貌异常的相同，没有一个人能够分别得出，他们的身体极巨，力量极大；而他们的长成也远非别的婴孩们所可比拟，因为他们的身体每一年加宽一肘，加高一寻。兼之，他们具有一种凶猛、骚动、不驯的精神；于是爱洛依士和他的百姓们都惧怕那么巨大的孩子，他默念着在事情不曾更坏之前，要将他们置于死地。但卡娜克从他偶然说出的一句话中，猜出了他的意思，便哭求他赦免了她的儿子；她承认说，他们虽不是他的孩子，实是普赛顿的。爱洛依士听了这话，恐怕这位海王的愤怒，便不敢加害于他们。这两个孩子，名字是俄托斯及依菲尔特士，在他的宫中养育了九年，外边人称之为爱洛依士的儿子，从了他们假父之名。但当他们九岁之时，已是体阔九肘，身长九寻。在那时，俄托斯和依菲尔特士已以为他们自己那么伟大有力，足与天神们相齐肩，于是他们蠢蠢的与天神们相敌。因为其余的人类，在这一对孪生兄弟看来，真如蝼蚁似的不值得一击——那也是实情——所以他们不得不到天上求对手来抗敌。现在，他们得胜了一次，他们的心中更觉得光荣了；因为当战神阿瑞斯听见了他们夸口说，要和俄林波斯山上的神道们一一对抗时，他便跑下来和他们相见以兵。俄托斯及依菲尔特士赤手空拳的将战神从车上拖了下来，将他的矛拗折了，有如折断一根芦苇，将他的手足用铜链子缚住了。然后他们将愤懑填胸的战神抛入爱洛依士家中的地下狱里；他无法可想的躺在那里，直到赫耳墨斯偷偷的在夜间进了地下狱释放了他。同时，这一对趾高气扬的兄弟，跑到了底萨莱的山上，高声的恐吓着，说他们要把俄萨山连根掘起，垒在树木森森的珀利翁山上，以跻于高天之上。

他们蠢蠢的不知道宙斯的红焰灼灼的雷火，要将他们击为灰尘！但普赛顿却救了他们，不使他们遭了此劫；正当宙斯的手举起，要抛出雷火时，他止住了宙斯的手，为他不驯之子求情。宙斯答应了他，他便急急的赶下俄萨山的山谷中，庄严的站在他们之前，使他们知道，他乃是他们的真父，禁止他们再和天神们挑战以免自取灭亡。这时，这一对孪生的巨人服从了他们的神之父的话，但不久，他们又忘记了他的警告，设计要给俄林波斯山的神道们以新的侮辱，即要抢走两位女神来做他们的妻。俄托斯说，除了神后赫拉之外，别人他都不要；依菲尔特士所选中的女神却是那位女猎神阿耳忒弥斯，因为他曾在底萨莱的森林中远远的见到过她的美貌照耀于幽林之中。兄弟们拈阄决定他们应该先去抢哪一位女神。结果却拈定阿耳忒弥斯。他们到处寻求着她，将所有她爱到的地方都找到了。他们的寻求并不是无效，因为他们的恶行已为阿耳忒弥斯所知了；她将自己在近海的福克斯山谷中现身于他们之前，心里有了一个最狠毒的复仇之计。那两位孪生的兄弟一见了她，便大叫一声，抢向前去。这位女神如鹿似的迅奔去了，过山跳涧在他们之前逃着，但在逃时，她却时时回头望着，不使他们失去了她。他们这样的奔跑着，追着与被追着，总是相差一矛之远，不能够追得上。他们直追到海边上，阿耳忒弥斯仍然如银箭似的向前飞奔，她走的是旱路，而她的追者则在海浪上跑着，也如她一样的轻快，因为普赛顿的儿子全都具有这个能力。于是他们到了那克索斯的林木森然的海岸上了。但在那里，正当俄托斯和依菲尔特士追上了她时，这位女神却不见了；他们看见一只乳白的鹿，代替了她，奔入绿林中而去。他们要得这只白鹿的愿望是那么强烈，竟忘记了一切别的。他们追了一会，在丛莽中失去她。他们如猎狗似的开始寻找着。突然的，他们俩各自看见那只白鹿立在他们之前，望着他们，但他们却不曾注意到，正站在她之前的，乃是自己的兄弟！俄托斯和依菲尔特士同时抛出了矛，但在那一瞬间，白鹿却消失不见了，孪生的巨人却彼此的冲击着，各为对方的矛所击中。阿耳忒弥斯这时又现了原形，走近了他们，冷冷的微笑着，看着他们死去，亲口告诉他们她自己如何的欺骗了他们，然而已经太晚了。她说道："我想，我已复了仇了，爱洛依士的儿子们，已报复了你们所加于我的侮辱了；你们不仅死去，且还彼此亲手杀死了你们所爱的兄弟。"爱洛依士的二子便如此的灭亡了，他们的巨墓，至今还可在那克索斯见到；墓上绿草青青，其巨如山。

三　沙尔莫尼斯

虚荣心是埃俄罗斯的孩子们所最易犯的罪过，这罪过使他最好的儿子沙尔莫尼斯和他最美丽的女儿亚克安娜都悲惨的毁亡了。亚克安娜的故事，在另一本书中叙述得很详细，现在只说沙尔莫尼斯的事。沙尔莫尼斯别了他的父亲，向西方去寻求他的幸福，到了厄利斯地方，以他的勇猛，建立了一个国家，还有许多的财富，光荣的统治了一时。但厄利斯人是特别崇敬诸神之王宙斯的；这使沙尔莫尼斯十分的恼怒，因为在他的夸大的心中，忍不住见他们敬神比敬王还甚。在宙斯的大节日，他自己也不想去行礼，或当宙斯为一位更尊于他的王。所以他便犯了一场最凶的罪过。当大节日的时候，宙斯的神庙中，正拥挤着千千万万的崇拜者，他却做了下面的一件事：城与神庙之间，隔着一条大溪，溪上架有木桥。他命臣下将这座桥铺上了铜板，沙尔莫尼斯穿了王袍，戴了王冠，在万众的眼前，乘了四马的车长驱过桥。正当车迹马蹄转踏过铜桥上时，他大叫道："我便是雷神！看你们的神，你们百姓们，在他面前跪下，否则，他便要以他的电火灼焦了你们了！"他说着话，撒开了一阵熊熊的火炬，这些火炬是用秘密的方法制成，会发出青焰及琉璜昧。于是所有的百姓们都惊诧着，惊得不言不动的站着。过了一会，有的人叫道，沙尔莫尼斯诚是神而非凡人，便跪下去崇拜他。但立刻，空中轰的一声，雷声大作，从一个无云的晴空射下一鞭电来；这电正击在沙尔莫尼斯的额前，他倾跌到车下死了，成了一具焦黑的尸首。他如此的成了一个光荣的牺牲者。

四　西西发士

在柯林斯的名震遐迩的架于两海之间的依志莫斯上，站着那座柯林斯的护城山，有如一个守望的巨人，雄壮的拔出平地二千尺以上。青石的危岩绕围于山的三面；只有在第四面，有一条峻峭的路，直通到它的宽敞的峰巅。在它的基下，一个岩石的平地上，有一座城市，这城市在它的繁富与权力达于高点时，名为柯林斯，但在英雄时代，它的名字是依弗勒。埃俄罗斯的最小的儿子西西发士到了这里来寻求幸福。西西发士没有他的哥哥们那么猛勇善战，但他却是异常的聪明与机警，熟悉好些奇技，发明了许多的创作品；他在依弗勒的头脑简单的百姓们看来，似不下于天神。他在他们之间住了不久以后，便很高兴的公举他为国王；因为他们看见，无论谁向他商议任何事时，都得有很好的结果，而他无论做什么事，这事便很顺利。一切事情在西西发士和他的百姓们之间，一时都过得很好；他教给他们以技艺与方术，使他们的财产异常的增加，贸易顿盛，百业俱兴。据说，依弗勒在他的治下，方才称为柯林斯。现在，西西发士在柯林斯护城山上建筑了一座大卫城，有必需的时候，可以作为坚守之资；他在城上又建了一所瞭望塔，可望见陆与海。他在山顶上发见了太阳神赫利俄斯的古神庙，在俄林波斯山的诸神未来之前，全部依志莫斯人都崇拜着太阳神；到了这时，他已将所有的平地都让给了普赛顿，他自己只保守了柯林斯护城山。西西发士重建了这座庙，崇拜太阳在诸神以上；柯林斯人以为他们的神似的国王，乃是赫利俄斯的儿子。有一天，当西西发士从他的山上的望塔里，如往日似的四面看望着时，他注意到一只巨鹰在南方的天空上低翔着，在他的铁爪之下，似攫着一只白羊。但在一切世人之中，西西发士的眼光最尖锐。他专心的注意到，这白色的东西，实在不是羊，乃是一位穿着白袍的女郎。他还注意到，这只鹰带着他的掳获物同憩在称为俄诺涅岛上的孤岩上，这岛在离大陆不远的大海湾中。以后的事，他看不见。因为大鹰栖息在岩上不久，便为云块所蔽，虽然午日正满照在纤云俱无的天空。"在眼中所见的以外，还有别的事呢，"聪明的国王对自己说道，"但如果我所猜的这鹰的来历不错，我最好还是不去触犯他吧。"所以他并不以他所见的事告诉任何一个人。但过了不多几天，有一位老人到了他这里来，这位老人身材高大，态度庄严，身上穿着一件绿袍，头上戴着一顶花冠。当西西发士问他的名字和使命时，这客人答道："我是普赛顿的儿子阿索波斯，来求你的指示。啊，最聪明的凡人！我心里非常的苦闷。因为埃癸娜，我的最美丽的女儿，我所最爱的，在九天以前，在草地上采花，便永不回家；我在我所有的国土中前前后后的寻了许久，听不见一句话，但她却绝对的消失于人眼之外。所以我很怕有什么神人将她掳了去，因为我已智穷力竭，我想，你或者可以教给我去找她的方法。不，或者你看见过她，你住在那么高的地方，远瞩一切的东西，如有福的太阳它自己一样。"于是，西西发士说道："阿索波斯，我看见过这位女郎和她的情人；但你不要问我他是谁，因为他的神威远比你大。你虽然有神通，而我如泄了他的秘密，于我们两个人将都有所不利。回到你自己的家中，不必再去找埃癸娜——你不是还有许多女儿在照顾你么？"但河神恳求他不已，如果他能告诉出他所知的，他便答应他种种的礼品。西西发士推拒了一会，但最后他说道："我只有一个愿望，且只有这一个，如果你能够达到我这个愿望，老河神，我便将说了。我的这个岩城是不可攻破的，如你所见的，然而我却不能长久的对抗一个敌军，因为城中没有水源。如果你能给我这里一道永流的泉，你便可知道你所要知道的事。"阿索波斯答道："那我能够，因为普赛顿的儿子，都具有他父亲的能力。"他这样的说着，用足踏地三次，一道清泉立刻便从岩中潺潺的流出。于是西西发士告诉他，神之王宙斯，变成了一只鹰，带了埃癸娜到俄诺涅岛上去。阿索波斯既悲且愤的去了；但他如何的与宙斯相抗，宙斯如何的毁害他，我们将在另一篇中见到。至于西西发士呢，虽然有一会儿他的心里很怕有什么祸事，然而时间一天天过去了，却一点祸事的影子也没有，他便开始自笑他的恐惧为无因；他心中自言道：“啊，宙斯并不是如人们所相信的无所不知的，他并不知道我泄露了他们的秘密。啊，诸神的王，你能够将你的爱情的遇合瞒住了别人的眼，却瞒不了我。”他这样的说着，很为高傲；天上既没有雷响，也没有疫病近于他的住所。他在柯林斯统治了许多年，过着和和平平的生活。他死了，葬了，他的儿子格劳科斯代之为王。但如果有人就此相信，夜间或日间，他的行动能够逃了宙斯的眼，他便是大大的错误了；他将立刻或以后知道他的忧苦了。西西发士在世间虽然不受祸患，却在地狱中永远受苦。在痛楚的犯人们受罪的地方，他永远的竭力推着一个巨大的圆石上一个峻坡；当他走近了山顶时，这块大石又从他的手中滑下，滚落回阴郁郁的平地上了。这乃是给不敬神者以一种警告。

五　柏勒洛丰

　　西西发士的儿子格劳科斯做着柯林斯的国王时，柯林斯发生了一件绝异的异事：一匹有翼的马突然的出现于柯林斯的护城山上，这马神骏异常，毛白如雪。这匹马名为珀伽索斯，是由戈耳工之一墨杜萨的血中生出来的，波修士以雅典娜之助，杀死了这个怪物。珀伽索斯在极西的所在生出，生了不久，便伸开了广翼翱翔于空中，飞过了陆地，飞过了海洋，而憩于柯林斯，这并不是前定的。它下憩于峻峭的山坡上，四面的寻找着，要找水喝；但在整座的柯林斯护城山上，除了卫城内的清泉之外，是连一滴水也没有的。于是这匹马以蹄重踏着岩地，地上便有一股清泉涌出，此泉至今尚称为珀里尼。自此以后，柯林斯人便称它为珀伽索斯，珀伽索斯者盖即“生清泉者”之意。国王的儿子柏勒洛丰是第一个在山上看见这匹神马的人，他渴望并得到了它，但珀伽索斯虽似驯顺而却无畏；还肯让太子走近了它，却始终不许他接触到它身上。柏勒洛丰在山坡上三天了，还是一筹莫展，然后他到了住在柯林斯的一个聪明的先知者处，恳求他的指示，应如何才能驯服珀伽索斯。先知者受了灵感，指示他于当夜到雅典娜庙中去，睡在那神坛上面。于是柏勒洛丰睡在坛石上一夜，到了天色破晓时，他做了一个梦，梦见女神雅典娜全身盔甲明亮的站在他身边，她这样的说道："你还睡么，埃俄罗斯的王子？现在就起身，取了我给你的赐物而去，你便可驯服了珀伽索斯了。但你得到了珀伽索斯之后，必须先杀了一头牛，祭过普赛顿，将这匹马先献给他。他是爱马的，且是马之主。"柏勒洛丰听了这话，立刻睁开了眼，看见他的足下放着一个放光的黄金做的东西，他从没有看见像它那样的东西，因为这乃是马勒与马鞍；那时人类是用马来拖车的，还不知如何的骑用它。柏勒洛丰心里很快活，又到先知者那里，将雅典娜的赐品给他看，他们二人便一同依照着雅典娜的吩咐，杀了一头牛以祭普赛顿。然后先知者说道："我的王子，我昨夜也做了一个梦，现在我劝你在普赛顿的坛边，建立主马的雅典娜的一个神坛，然后到山上去，将这具黄金的驯马的魔物，笼在珀伽索斯的嘴上。"王子如他所吩咐的做去；有了雅典娜的保佑，他很容易的勒上了马勒，在翼马的身上安上了马鞍。它一装上了这些魔物，立刻便肯让柏勒洛丰跨骑在它背上，翱翔于广漠的空中。柯林斯人遂筑了一座马鞍的雅典娜的神庙，用以纪念她的神奇的赐品。一件奇事经过了以后，又发生了一件悲惨的事，竟驱了柏勒洛丰离开了他的家。他和他的兄弟们同出猎捉野猪，却纯然由于错误而杀死了他的弟弟；他的利矛斜射过一株树，贯进了这少年的胸中。因此，他必须离开柯林斯八个足年，因为这乃是当时的法律，一个人杀死了他的骨肉，不管是否误杀，都要被放逐八年。柏勒洛丰便骑在飞马之上，逃出了柯林斯，向南而走，到了阿耳戈斯。他去拜见阿耳戈斯的国王柏洛托士；他很客气的礼待着柏勒洛丰，并且日益喜爱他的客人，因为他从不曾见过那么俊美，那么有礼貌，那么善于言谈的少年人。不幸，柏洛托士的居停的美妻也深爱着他；这位女后是史特诺波娃。他住在王宫中不久，这位少年王后便诱引他进了她的房中，直接要求他和她同住。但他记住了宾主间的神圣的律则，严辞的拒绝了她；他如此的惊诧于她的无耻的话，竟飞逃出了她的房门。王后的爱情如今变成了怨恨，她誓要报复这场侮辱，便迅疾的计划了一个恶计以危害柏勒洛丰。她扯破了她的外衣，松散了她的头发，到柏洛托士的大厅中去，哭着控诉那位柯林斯的客人用强力去调戏她。柏洛托士并不疑惑这篇故事是伪造的，愤怒地立誓要杀死柏勒洛丰，以报他的欺诈；然而因为他们既成了宾主，他却不欲在阿耳戈斯杀死他，生怕这要引起保护宾客的主神宙斯的复仇。所以，他想了一会，便请了柏勒洛丰来，神色如常的问他愿意不愿意为他办一件事。柏勒洛丰答道："国王，无论大小事，我都愿意。"柏洛托士说道："这事在我是重大的，但在你却是小事，因为你有了一匹飞马骑用。因为我有一件要事，要你代我送一封信给我的岳父吕喀亚的国王依奥倍特士。"柏勒洛丰说道："这诚是一件易事，我的好主人，给我这封信，我要鞭策珀伽索斯疾驰过海而去。"柏洛托士写了信，加了封，柏勒洛丰便跨上了飞马，向东飞去了。第三日上他到了吕喀亚山中的依奥倍特士的城中，将这信递给了国王。但国王读了这封信时，心里却忧闷着，因为柏洛托士是这样的写着："阿耳戈斯的柏洛托士谨问他的尊上的岳父大人健康无恙。我请求你，为了你是看重我的善意与联盟的，立刻将递送这封信的人杀死。再会。"依奥倍特士心里十分的疑惑不安；他一方面要想听从他女婿的话，一方面又有点惧怕这位来人；因为柏勒洛丰身上披的是有名的柯林斯铜制的盔甲，相貌俊美，仪态高贵，有如一位神子。当依奥倍特士一见他所骑的神马时，更觉得他乃是一个有法术的人，要下手杀他，一定会招灾惹祸。所以他想，最好是迟缓一会儿。他便欣然迎接这位客人进宫，预备要慢慢的设一条万全之计害死他。那一夜，他张灯开宴，让柏勒洛丰坐于大宾的座上。国王以大金杯劝他喝酒，且即以这金杯给了他作为客礼。第二天、第三天都是这样；不过每一天，他所给的杯子更大，制作更精。但在第四天早晨，依奥倍特士得了一计了。当柏勒洛丰说起要回阿耳戈斯的话时，他便对他说道："王子，我很不愿意和这样的一位客人相别，但如果你必须走的话，请你在走以前，允许我办一件事。"柏勒洛丰

答道："异常的愿意；这么优待我的主人命我办事是不能拒绝的。"国王
使他立了誓；然后他才告诉柏勒洛丰说，吕喀亚地方，住有一个大地所生
的怪物，名为齐米拉，他必须为吕喀亚除去了它。这个齐米拉久为这个地
方的危害物，常从它的山穴中出来攫食人畜；它的头部是狮子，前爪也是
狮爪。它的身体是野羊，它的尾是一条蛇，它的喷吐出来的火气，比之一
个火炉的熊熊火焰还更炽热七倍，因此没有一个人走近了它而能生存的。
依奥倍特士很知道它的可怖，却不告诉柏勒洛丰，他想，他这一去，一定
会死于齐米拉之手了。但他却不曾计议到柏勒洛丰所得到的珀伽索斯的帮
助。因为柏勒洛丰高骑在珀伽索斯的背上，飞翔于空中，远远的便望见齐
米拉凶猛的在山上走着。他从空中向下射了一箭，这支箭贯穿了它的毛颈
而致它于死命。然后这位英雄回宫报告这个好消息。国王和他的百姓们全
都出去看望这个被杀的巨怪；吕喀亚人那一天狂欢大乐了一天；但依奥倍
特士则格外的惧怕柏勒洛丰，智穷力尽，不知以后怎么办。第一天，他很
有幸的听到了一个警讯，说女战士国阿马宗人来侵犯他的北疆，而梭里米
的野族则叛变于东方。因此，他求柏勒洛丰帮助他，柏勒洛丰也答应了下
来。他先使柏勒洛丰去征伐阿马宗人，希望他会死在她们的手中，因为她
们都是勇猛异常，难于抵敌的。但代替他的死耗而来的，却是柏勒洛丰打
退了阿马宗人，多所杀伤，现在正往征服梭里米人。依奥倍特士自念道：
"他已经两次逃过死厄了，如果他第三次再能平安归来，则神道们诚在他
的一边，我也再不想设计杀害他了。不，我要将我的女儿嫁给了他，劝他
住在吕喀亚；我有了这么一位勇将，真是不用怕什么强敌的了。"当柏勒
洛丰和梭里米人大战一场，得胜归来时，国王便如所想的办法，将女儿嫁
给了他。过了几年，他死了，没有儿子，柏勒洛丰便继位为吕喀亚的王。
现在这位埃俄罗斯系的国王，富贵荣华的住在他的新宫中，还生了三个男
孩子。但在他的光荣发达的顶点，他却为埃俄罗斯系的子孙的致命伤的虚
夸心所中。因为他夸言，他要乘坐了珀伽索斯直达天门，进了神宫。但宙
斯听见了这话，便送了一只牛蝇去叮高翔于空中的珀伽索斯，它便发狂似
的跳跃着，将背上的骑者颠抛了下去；然后如一只鹰似的高飞到蓝空之中

去，从此以后，凡人的眼，永远看不见它了。从此以后，它住在俄林波斯山上，被养在宙斯的黄金的马厩之中。

　　至于柏勒洛丰呢，他落到了海边的一片名为阿勒伊俄斯的平原上。这个平原是一片荒芜之地，自天地开辟以来，便没有人来到过这里，因为此地满是盐泽与咸湖。柏勒洛丰在这个荒凉无比的地方漫游着，以至于死，因为宙斯使他致狂。这是真的，神道们所憎恶的人，他们是不能活得很久的。

六　阿塔马斯

　　在远古的时候，希腊最富裕的城邑乃是俄耳科墨诺斯，这座大城坐落于玻俄提亚的国土中，因为它的宏丽，别名为"黄金"。埃俄罗斯的一个儿子阿塔马斯由北方南下，率领了一群人，他们全都是勇猛的战士，和他同走着，预备要征得一个国土与王位。现在，俄耳科墨诺斯的人民，很怕这些北方人，因为他们自己不是战士，只是和和平平的经营着工商业；他们的国王安特里奥士也是十分怕事，不欲征战的。所以他便送给阿塔马斯他领土中的一块小地方，以希望其余的地方不为他们所扰。但时间过去了不久，这位埃俄罗斯系的王子和他的从人，一天一天的强大，占地愈多，到了后来，安特里奥士死时，他们便成了全城的主人了；于是阿塔马斯自为国王，以强硬的手段统治全国。在这个时候，卡德摩斯是底比斯的国王。阿塔马斯决意要和这位强邻联盟，便带了很丰富的礼物去找卡德摩斯，要他一个女儿为妻，虽然他已经有了一个妻，名为涅斐勒，且生过两个孩子。涅斐勒听见了她丈夫要想将她抛弃了，去另娶一个底比斯的公主的事，心里非常的悲伤，不久之后便戚戚而死。但有的人则说，阿塔马斯到底比斯去时，已是一个鳏夫了。但神后赫拉之怒他，别无他因，全为的是轻弃了他的发妻，所以这别一说是不可信的。阿塔马斯此行并不落虚，他带回了卡德摩斯的一个女儿伊诺为他的新娘。后娘往往是虐待丈夫前妻之子女的，伊诺的行为也不能外于此常规。对于前后的一个女儿赫勒，她一点也不注意；但从她自己的儿子们出世之后，她便想尽了种种的方法要灭杀前后的那个男孩子菲里克苏士，因为他乃是阿塔马斯的承继王位的太子。她设计了很久，要使人不疑心到她，最后，她便做了下面这件事。当播谷的时候到了，国内的所有妇女全都到得墨忒耳的庙中去举行祭典时，王后伊诺便从国王的仓廪中，给她们每人一大瓶的谷种，吩咐她们将这谷秘密的换了他们的男人们所要播种的谷粒；"因为这种谷，"她说道，"是被我们这些神秘的典礼所洁净的，如果你们不告诉男人它的来处，得墨忒耳的祝福便要随之而至的了。"妇人们听从了她，一点也不知道她们做的是什么事。因为伊诺曾将这些谷粒在锅中焙过；所以，第二年的春天，没有一株青苗从田中生出，全国都有饥荒的危险。国王阿塔马斯便派人去问得尔福的神，有无方法以救此灾。伊诺正等着这一着；她用了许多黄金，贿买了使者，吩咐他不要到得尔福去，但在大家等候他归来的时候归来，照她所指示的话说。所以，使者们到相当时候，出现于国王之前，他们乔装着从阿波罗的神巫那里得到了下面的话："宙斯怒着阿塔马斯，因他之故，使田土无有收成。除非国王将他的头生子献给了宙斯，作为祭礼，田中将永不会生谷。"当阿塔马斯听见了这一席话时，他扯破了衣服，将尘土撒在头上，高声的悲哭着；然而他却不能不服顺神示，因为国内饥荒已甚，在他看来，似乎还是死了一个人以救全体人民好些。于是他带了他的儿子菲里克苏士到了一座山上的宙斯庙中。但当他缚了这位牺牲者在祭坛上，预备要扬刀杀害他时，一个奇迹发生了，因为突然的有一只全身金光闪闪的大羊，站在菲里克苏士上面，缚住他的绳子自己断而为二，这孩子为神灵所催督，骑上了羊背。看呀，这羊背了他升入云中！在为惊诧所击的国王能够开口叫喊之前，他已经消失不见了！同时，女儿赫勒独自的偷跑到她母亲涅斐勒的墓上，跪在墓前，泪流哀哀的向她亡母祈求着，说道："唉，母亲，母亲，如果你在地下还爱着我们的话，为什么不帮助你的无助的孩子们呢？唉，如果这是可能的话，现在就救了菲里克苏士吧！但如果不能，则请你至少要从我们残酷的继母那里救全了我，她是深憎我们兄妹二人的。"赫勒正这样的说着时，她忽然看见一个眼睛光亮的少年站在她身边，手中执着一支使者的杖。她恐怖的抬眼惊望；但少年说道："不要怕，小姐；我是赫耳墨斯，灵魂的指引者，你亡母的祷语的能力使我来帮助她的孩子们。向上看，看我对于菲里克苏士做了什么事！"赫勒望着，看见金毛的羊飞行近来，菲里克苏士骑在羊背上，一点也没有受伤害。然后赫耳墨斯将她也放在她兄弟的身后，叫这两孩子随任金羊之所行而止，因为他们将在它所止的所在得到一个新家。这怪羊飞过山，飞过河；它向北而去，直到希腊的地方远留在后边，沿了特莱克的荒岸，而到了间隔欧、亚二洲的海峡。现在，金羊正要飞过亚洲的陆地；但不幸，当赫勒看见她足下的滚滚滔滔的波涛时，她惊喊起来，恐怖的举起双手来，因为失了平衡，便全身倒跌到海中去了。为了纪念这位溺死的女郎，这个海峡便自此名为赫勒斯蓬托斯，意思便是"赫勒的海"。至于菲里克苏士呢，金羊如风似的迅速的带他到了科尔喀斯人的远远的国中；但此后关于他的事，将在寻求金羊毛的故事中见到。这里再说国王阿塔马斯和他的王后的事。当伊诺听见了菲里克苏士神奇的被金羊背走及赫勒也同样的失了踪的事时，她心里十分的高兴，为的是能够那么容易的除去了前后涅斐勒的子女们，却并没有红血沾染到她自己或她丈夫的手上。但不久，她便知道，神道们的判决并不如凡人们似的以表面的行为而下的；在他们的眼中，无论什么人，在设计要谋死一个人时，他已是一个杀人犯了。因为有一天，阿塔马斯沿了海岸打猎回家时，遇见伊诺正领了她的两个男孩子李亚克士和米里克特士在散步；突然的他为一阵疯狂所捉住，将他们当作了一只母鹿领了两只小鹿在走着，便拔出了他的弓箭，向他的长子李亚克士射去，直中了他的心。有一会儿，恐怖使伊诺痴立在地上，似生了根；然后，当狂人对着她，安了第二支箭在弦上时，她把米里克特士挟在她的臂间，自投于危岩下面的海波中。这乃是伊诺所要害人的，却自己遇到了。她看见她的头生的孩子，死在她父亲的手下，正如她所设计的涅斐勒的儿子的死法一样；为了她是赫勒溺死的原因，她便也溺死了她自己的孩子；且以她自己的生命偿付了碎心而死的涅斐勒。然而，她的罪过，已完全的偿付了之后，伊诺却得了神道们的宽恕；不，如果古老传说是可信的话，她和她的儿子却得了快乐的不朽的命运呢。据说伊诺住在年老的尼里士的宫中；海中有一位女神，名为琉科忒厄，即"白女神"的，水手们在航行遇险时对于她及她的儿子帕莱蒙都祷求着，因为他们母子俩乃是著名的援救溺水者的神。当俄底修斯的木筏碎了时，用她的神带引他安全登陆，因此救了他的，不是"白女神"么？晤，正如古老的诗人所歌咏的，琉科忒厄不是别人，正是伊诺，而少年的帕莱蒙也就是从前的米里克特士。伊诺的尸体始终不曾寻到；虽然有一具尸首被水冲到柯林斯岸上，西西发士承认他为他的侄儿米里克特士，埋葬了他，还为他举行了一次壮丽的葬后竞技会；据说，这具尸身也实在不是真的。

阿塔马斯在他的疯狂中，几乎要跟了他的妻跳入海中，亏得他的同猎的从人用强力阻止了他，当疯狂一过，他知道了他所做的事，国王的第一句话便是："这是你的报仇，赫拉！"这可以证明，他对于涅斐勒的负心终于得到了恶报。于是他，杀了他儿子的人，乃不得不逃出了以亲血玷污的国土了，他不再是富裕的俄耳科墨诺斯的国王，而是一个漫游四方的流浪人了。但阿塔马斯的筋力勇气尚在，他还决意再赢得富贵；于是他便自己到了得尔福去，向阿波罗问，他应该到什么地方找一个新居。阿波罗答道："在野兽们礼待你的地方。"阿塔马斯听了这话，十分灰心，走了，因为他想神语所表示的，乃是他永不能再找到新居。野兽怎么会礼待他呢？但过了不久，当他有一天晚上走过一座森林时，他看到了一群狼刚刚捕捉到了一只鹿。那些贪兽一见了他，便留下了鹿尸而静静地走开了。"这真是一件怪事。"阿塔马斯说道；然而他也不再想到这事，他生了一堆火，将鹿肉烤了些吃；那一天，他不曾吃过一点东西，腹中已很饥饿。当他吃饱了肉，躺在火堆旁边睡时，他心中才想到狼群是以客礼对待他的，而此地正是神语所指示的地方。这个地方，乃是林中的一片旷场，有一道溪水淙淙的流过其间。"天神选择得很好，"阿塔马斯说道，"这里有水有树，我还需要些什么呢？"如此的他便住在那里，建造了一座粗木的住宅，以打猎为生。过了几时，他便集合了一群流亡无主的人，他们很高兴跟随了这么勇敢的一位领袖，他们开始去劫掠那个地方的人民，掠夺了他们的衣帛货物，掠走了他们的牛羊妇女。渐渐的流亡的人集合得更多了，阿塔马斯的住所乃成了一所"强盗城"，他自己则名之为阿塔马特亚，就了王位。不久以后，百姓们争来纳款，拥戴他为王，以求和平与安全。最后，他乃成为后来称作亚克亚地方的全部的主人。英雄时代的国家都是这样形成的。他娶了第三妻，生了三子，但后来王位却不能传之于他的后代，他自己终于逃不了宙斯的裁判。古代亚克亚的人在饥荒或瘟疫盛行之时，常要在拉菲斯的斯山的高处以异常尊重的牺牲，祭献于宙斯，而所祭献的牺牲则为当时的国王。因为他们的先人们告诉过他们，只有国王才能负担了百姓们的罪；只有他一个人能成为他们的替罪羊；在他的身上，一切毒害本地的不洁都放在他们身上。现在，当国王阿塔马斯年纪老了时，亚克亚地方发生了一次大饥荒，也如他所施于他的儿子菲里克苏士一样，拉菲斯的斯山上的宙斯的祭师也施之于他。

七　克瑞透斯

　　我们知道，在埃俄罗斯的许多儿子之中，只有一个儿子是敬神不怠的，所以他直到了晚年，一生过的都是和平富贵的生活。这个儿子乃是克瑞透斯，宏美的海口城邑伊俄尔科斯的建立者与国王。这个城邑，位在底萨莱的海岸上。当国王克瑞透斯听见了他的兄弟沙尔莫尼斯的悲惨结局，且知道他的寡妇也在失望中自杀了的消息时，他便派了一位使臣到厄利斯去，迎了沙尔莫尼斯的独生女来。这孤女乃是一位长得明眸皓齿的小女郎，名为蒂绿。依照埃俄罗斯家的风俗，且他自己也尚未结婚，这是克瑞透斯的权利，也是他的义务，要娶了他兄弟的孤女为妻。所以蒂绿便在伊俄尔科斯的王宫中长成，直到了结婚的年龄。但在她结婚之前，伟大的普赛顿却恋爱上了她，当她独自一个人在厄尼剖斯河岸上游行之时，她秘密的生了两个男孩子；为了惧怕国王知道，她将这两个孩子抛弃在河边的草地上，听任他们或生或死。同时，国王的牧马者到了草地上来，驱马至水边饮水；这个人发现了两个孩子，便抱回家给他的妻，因为他们自己没有儿子，便抚养他们作为己子。他们的假父名之为涅琉斯及珀利阿斯。他们长成为巨伟勇敢的少年人；像所有普赛顿的儿子们一样，他们是黑发的，身材高大，力大无穷，心志高傲，勇于争斗。这两个孪生子相貌极为相似，连他们的假父假母有时也分别不出；但珀利阿斯的前额却有一个印记，仿佛如一只马蹄的印子，以此乃可以与涅琉斯相识别。许多人都以为他额上的蹄印，乃是当他躺在草地上时，被马足践踏所致，但其实乃是马之主者普赛顿的印记。同时，蒂绿嫁了国王克瑞透斯，又生了三个儿子：埃宋、亚米赛安及菲莱士。但当这些孩子们年纪尚幼时，蒂绿却被她丈夫因于狱中，因为她的一个贴身侍女名为西特绿的，向国王泄露出王后在婚前的不贞的事。这位奸诈的女子，曾以伪爱与忠心赢得了蒂绿的信任，而使蒂绿将她女儿时代的秘密泄漏给她知道了。她立刻向国王告密，为的是她一向便妒着他的王后。蒂绿既不否认其事，也不说出她情人的名字，生怕普赛顿要动怒。克瑞透斯初欲将她置于死地，后又懊悔，便将她因于一座塔中，以西特绿为看守者，她便乘机异常的虐待她。此后，这位奸诈的女人又以机巧获得国王的欢心，竟娶了她为妻，以代蒂绿；她如此的满足了她的心愿。但当涅琉斯和珀利阿斯成人时，国王克瑞透斯死了；于是他们的假母乃将她久已知道的事，告诉他们，即他们乃是被陷害的王后的儿子。因为这位假母，从小便在王家做工，当她的丈夫带了两个孩子给她时，她便认出包裹孩子的肩巾，乃是蒂绿所常用的。她是一个异常精细的人，所以一向默默不言。王后失贞的事既宣传于世，克瑞透斯如发现了她的爱子，一定是会杀死他们的。所以她等候着，直到了国王死时。然后涅琉斯和珀利阿斯带了刀和盾，匆匆的奔到伊俄尔科斯城中；如一阵旋风似的，他们冲进了宫中，大喊，他们是为报复他们母亲蒂绿之仇而来的；没有一个人去抵抗他们——因为宫中的人全都愿意看见她早日释放出来，他们执刀直入西特绿的房中。恶毒的王后从旁门逃了出去，向赫拉神庙中逃命，两个孪生子紧追在她后面；当她跨进了庙门时，涅琉斯退却了，为的是尊敬这神圣之地。但珀利阿斯却直追进了门，不顾他兄弟的警告。西特绿抱住了赫拉的神像，珀利阿斯一刀刺死了她。这使神后赫拉十分的愤怒，自此与珀利阿斯为敌。以后，这孪生子释放了他们的母亲，说明他们是她的儿子。蒂绿十分的快乐，伊俄尔科斯全城的人也都高高兴兴的庆祝着。但涅琉斯和珀利阿斯都无意于住在伊俄尔科斯；这城的王位，必须由克瑞透斯的长子埃宋承继。每个人便各奔前途而去。珀利阿斯住在底萨莱的边地；但涅琉斯则南行至远远的辟洛斯。

第二部　阿耳戈斯系的英雄传说

一　狄尼士的女儿们

在广漠的希腊全土，你们找不到一个地方比之阿耳戈斯城有更多的古老的圣地了。这座城是赫拉所爱的。但在阿耳戈斯的圣地中，那些最古的最为人所敬的却在城外，在城市与海岸之间。这是一个巨大的满生绿草的土丘，从平地上高拔而起，外形看来，似是一个天然的小山，但其实却出于人工。因为这个土丘，乃是一所大墓，在那里，远古的英雄们，他们的姓名已为时人所忘，每个人都在他自己的狭穴中长眠不醒。然而那些睡者却很能保佑着、卫护着他们生前为它攻战却敌的国家；更有甚者，他们在死者的朦胧意识之中，还能听见祷语，消受祭品，也还能觉得快乐，特别是当百姓们为纪念他们，在他们墓旁举行的那种高尚的竞技会时；在他们的少年时，他们也是喜爱竞技的。在英雄时代的人，竞技是人人熟悉的游戏；他们的风俗是，当一个大战士死亡举葬时，必要举行一次竞技，每年在他的周忌时也要如此。到了后来，在希腊的许多城市，便没有一个不为了纪念他们的死者而举行地方竞技的。其中有四个竞技会：奥林匹克、辟西安、依史米亚、尼米亚，赢得了世界闻名，这四个会独称为神圣的竞技会。但当这些节宴愈变得绚丽，他们的为了纪念死者的初意却消失了，不为人所知了；以后，无论是这四个大的，或其他许多小的竞技会，都不再成为纪念英雄，而成为祭神的一种典礼了。最早的阿耳戈斯的英雄们的大墓，便足以证明此说。在土丘的基上有一个低的神坛，刻着"献给英雄们"几个字，每天都为祭献的酒所湿；但在它的高峰上，却立着宙斯、普赛顿、阿波罗及赫耳墨斯的像，在像的基础之上，于神名之外尚刻有"阿戈尼奥士"——"竞技的保护者"。

在一个夏天的早晨，从海边的路上来了一队之前未见的旅客，向这个圣丘而来。她们是五十个美女，每个人都妆饰得如一个国王的女儿，且每个人手中都高执着一枝绿枝和一束白羊毛——表示乞求的符号。一位威严的白发老人率领着她们；她们没有一个跟从的人；更可怪的是，在这个和平的大道上，她们却如被追的动物似的慌慌张张的疾走着，还不时的惊顾着后面。这些逃亡者似乎直向城中而去，但走近了这所土丘时，他们的老年的率领者却停了步，以他的行杖指着土丘说道："女儿们，我们且上了前面的高耸的圣地上去吧，我们可避于其上，否则，在我们到达阿耳戈斯城之前，我们的敌人们也许会追上我们。"他说完了话，引路上山，尽力的疾走，女郎们跟随在他后边，如一群白羊跟在牧羊人之后。当他们到达了山峰时，一个女郎叫道："看呀，父亲狄尼士！从这个地方，我们能见到我们的来路及海口——全都是空的！谢谢宙斯，那些恶徒离此还远着呢！"但别一个女郎却叫道："我在海面上看见了一个黑帆……这是我们宗人的船！唉，但愿普赛顿扬起了一阵大风涛，将它吞没了下去！……但不，不，它正顺着风驶来呢！……看呀，看呀，姊妹们，它是如何快的驶近于岸呀！"他们全体都因惊吓纷乱的挤在一块，哭泣着，高声的恳求着上帝的帮助。但老人立刻威严的阻止了她们的惊扰；她们既镇定了喧哗之后，老人便说道："如果你们这样的惊慌失措，一切事便都要完结了，我的女儿们；因为我们唯一的希望，是阿耳戈斯人能够看在你们祖先的面上允许给你们以保护。但如果他们看见你们那么惊泣着不像王家公主的样子，他们怎么会相信你们乃是伊那科斯的王家血统呢？大哭，惊叫，无秩序的举动都是奴隶的行为，而非公主们所应出的。"女郎们愧惭的低了头，他们的父亲又说道："当你们向海面上看时，孩子们，我却向阿耳戈斯方面看着，我们的帮助究竟来了没有。你们来看那边：你们看见大路上尘土卷起，正向我们而来么？这告诉我，我们的进程已为人从城墙上看到，而国王或者别的大人物便带了战车及骑兵而来，察看我们是谁，为什么而来。现在留心听着，如我所吩咐的做去。你们全都坐在这些神像的脚下，成列的排着，高执着你们的神圣的标记。看呀，这里的诸神们都是熟悉的：普赛顿执着三股叉站在那里；赫耳墨斯，埃及人也崇拜着他；在那边，是弓手阿波罗；这里是我们自己的宙斯，我自己却最近的坐在他的足下。那么你们都排列好了没有？那很好；现在你，我的大女儿，站到我的右手边来，预备答应前面的来人，要客气，要机警。因为现在我看见了他的王冠，这乃是当地的国王自己前来了，我自己也是一位国王，不便以这个低下的乞求的姿态和他相语。所以，你要代表我们全体说话，表示我们为什么要到阿耳戈斯来求保护。但要记住，说的话要简捷，不要多说；因为阿耳戈斯人是有名的寡言的人。"在这个时候，车子和跟从的马队到了土山之下，一个人的声音高叫道："嗄，山上的客人们，你们是谁，从什么地方到这里来？"说话的是一位金冠的有须的人，他在他的御车者之旁，倚了一支王杖立着。狄尼士的大女儿许珀涅斯拉被她父亲低声催促着，便以清朗的银铃似的声音答道："说话的是阿耳戈斯的国王么？我要对他，不对别人，说出我们的经过来；因为我和我的妹妹们是来求他的保护的，为的是，也是阿耳戈斯人。"

立在车上的人说道："美丽的女郎，我确是此地的国王，从河神伊那科斯的儿子福洛尼士一脉传下来的。但你和你的同伴们是我的同邦的人，却超出我所能相信的以外。啊，一个人只要一望着你们，便知道你们完全不是希腊人了！看你们的多色的衣服，蛮邦的装束，你们的棕榄色的皮肤，黑色的头发，大约你们乃是克卜里亚人，或者印度人，或者埃及人；假如你们肩了弓箭，我便要将你们当作一队东方的女战士阿马宗人了呢。但你们却没有一点儿希腊人的痕迹，除了你们所执着的我看见的乞求者的标记，那是我们种族中所独有的风俗。现在让我立刻听听你们的实情，因为我很觉得惊奇，是什么事使一大群的外邦女郎，没有侍从，也没有使者来到了我国。"

许珀涅斯拉温柔端庄地答道："国王珀拉斯戈斯，我并不曾说过半句的伪言，因为我不仅是你的同邦人，且还是你自己的一家骨肉；如果你愿意让我问几句话，我便可说得明白。"

国王答道："很愿意。但第一，我们要交涉得便利，我必须走得快些。"于是他跳下了车，登上了圣山；他看见五十位女郎排列在圣像四周，有如一群羽毛新妍的外国鸟，而一个威严的老人坐在他们当中，宁静不言，有如石像之一。然后他回向对他说话的少女，叫她说："下去。"

"你追想你的前代，"她说道，"直到河神伊那科斯的儿子。现在，告诉我，你知道不知道这位伊那科斯有一位女儿，名为伊俄的，她乃是伟大赫拉的庙守与祭师么？伊俄不是那么美丽，竟使赫拉的丈夫，神之王也爱上了她，因此，使她得到了奇祸么？"

"这是一个传说，"珀拉斯戈斯答道，"父子相传的流传到我们之时，他们说，那妒忌的女神，将伊俄变成了一只牛，还给了她一只牛蝇以扰苦她，驱使她愤怒的由阿耳戈斯奔出而到了远地去。但这一切与你们有什么关系呢？"

"等一会儿，国王，你便将听见，"许珀涅斯拉说道，"这位伊那科斯的不幸女儿在漫游了全个世界之后，最后栖身在，被释在……什么一个远地呢？"

"在埃及，在圣尼罗河的岸上，"国王答道，"因为宙斯在那里出现于她的面前，用他的手一触，不仅复了她的人形，还使她生了一个儿子，此子即名为厄帕福斯，即'手触而生'之意。"

"你们的传说不还说着，"这位女郎再问下去，"那位神奇的儿子的运命么？"

"他成了埃及的王，这是宙斯允许了他的，"珀拉斯戈斯说道，"据说，他的子孙，仍在埃及他所建的城市中为王；但他们的名字我却不知道，因为我们的海外贸易者很少和埃及人往来交易。"

"那么，让我来告诉你吧。"许珀涅斯拉说道，"厄帕福斯的第一个继承者是他的女儿利必亚，一位伟大的女王；继之而即王位的是她的儿子柏罗斯；柏罗斯死后他的两个儿子分了国土，长子取得了所有尼罗河省的膏壤，以他自己的名字称它为埃古普托斯，而将利比亚的海岸给了他的弟弟狄尼士。这两位国王各娶了许多的妻，依据着尼罗河住民的风俗。埃古普托斯生了五十个男子，而狄尼士则生了五十个女儿。现在，我已说完了，国王呀，你总可以将我们当作了你的同族吧！虽然我们是生在国外的；你所见的这位老人便是狄尼士，我们都是他的女儿。"

"同族的小姐们，我祝贺你们全体，"珀拉斯戈斯恭敬地答道，"也祝贺你们的威严的父亲。但，小姐，你似是代表了全体说话的，可否让我问问你们为什么乔装了乞求者的样子到了这里来呢？是否不幸在埃及犯了血罪，所以不得不逃出来呢？我不能相信。然而这种罪，最常使乞求者到神庙中来躲身。"

"不，国王，我们不是杀人者，也不曾为任何罪过所污染。"许珀涅斯拉骄傲地答道，"我们诚是乞求者，但却是最没有罪的；我们诚是流亡的人，但却不是因为破坏了一个圣律，而是因为我们不肯破坏了圣律。简言之，我们是逃离了家乡，以避免和我们的堂兄弟，国王埃古普托斯的五十个儿子的不法婚姻。是的，那么强暴不逞的少年却要用暴力来迫娶我们，不惜违抗近支亲属不能结婚的古代禁律。他们以大军侵略我们父亲的国土，他知道势力不敌，只能立刻将我们搭上了船，逃到海外来。唉！我们还没有驶行三哩远近，他们便察出了我们，用战舰追了来；谢谢宙斯，他们并没有追上我们。但他们总跟在我们之后，直追到了阿耳戈斯的海面。无疑的，他们不久便要上岸追我们了。现在，国王呀！我们唯一的希望便在你身上了。看在同宗同国的上面，看在乞求者的权利上面，看在你国内的那些神圣的保护者上面，我们恳求你的是不要让我们的敌人掳劫了我们而去。"

于是珀拉斯戈斯担忧地说道："我决不会推却你们这种请求，唉，狄尼士的女儿们！但如果你们的堂兄弟——王子们，也有一种请求将怎么样呢？你们所执持的是亲族不能结婚的古律，我们的阿耳戈斯也是这样；但在希腊的别的城市中，在埃及也是如此，据我所知，却产生了一种不同的法律，即，一个妇人的父系的最近亲人有娶她为妻的权利。这个法律，有一个利益，便是保存了一家的势力，财产，不让女儿的遗产，转移到他人之手。所以，如果埃古普托斯的儿子们根据了这个法律来要求你们为新妇时，我看，你们除了服从之外，是没有别的办法了，女郎们呀！"

于是她们同声地叫道："要我们顺服了那些无耻之徒，还不如死去。"许珀涅斯拉松下了她的衣带，向国王扬着道："这里是我的办法，珀拉斯戈斯，如果你拒绝了保护我们。"

"你这话什么意思？"他不安地说道，"你要用这衣带做什么？"

"我要使用它来自己吊死，"她说道，"这个宙斯的神像将成了我的绞架。唉，不仅是这一个天神，其余的神也都将有同一的效用呢！因为我知道，我的妹妹们也都是和我一心的。"

"不要说了。无顾忌的妇人，"珀拉斯戈斯耸耸肩，说道，"不要以恐怖的说不出的罪恶来玷污我们的圣地吧。现在，如果你们所计划的行为果真那么可怕——这一个行为将使阿耳戈斯的全境蒙了不洁，永远洗涤不去——且使阿耳戈斯决定了它吧。这是国家必须接受而且判决你们的案件，不是我。"

"但你便是国家，"许珀涅斯拉叫道，"你的意志便是百姓们的意志，只有你不对一个人负责，是每个案件的最高法庭，不管它是内政的，或宗教的。国王之责，此外还有什么？"

"你说的是一个埃及人的话，"珀拉斯戈斯说道，"你们不知道希腊的国王不是和你们一样的专制一切的，他不过是共和政府的首领而已。阿耳戈斯的人民向来便妒忌的争执着他们的权利与自由；在和他们有那么重大关系的事件上，我如果独断独行，不和他们商议，他们便将深怨着了。你们看，这里只有一个两害必取其一的路：如果我保护你们，反抗着你们的族人，则我便要驱使阿耳戈斯和埃及的有力的王宣战了；如果我不保护你们，则你们又要自杀，使我对着乞求人的保护者的神道们犯罪，而带了他们的诅咒到这国中与人民身上来。无论走哪一条路百姓们必须受苦，不仅是我国王；所以你们要向百姓去请求。来，我们直到城中去吧！"

但女郎们全都大叫起来，说她们不愿离开圣山，因为她们不知道一离开这避难所便有什么事会发生。"那么，让你们的父亲代表你们去请求吧。"珀拉斯戈斯说道，狄尼士站立起来，庄重地说道："我要去的，国王。我请你告诉我，我怎么才能完成这个使命，不致失败呢？"

"尊敬的狄尼士，"国王说道，"告诉你，你要如一个乞求者般的坐在市场上的城中保护神的祭坛之前，人们看见你的白发那么低垂，一定会怜悯而且愤怒的。你就投向他们，仿佛是你出于自愿的向他们求保护，不要说出一句话，说已和国王先办了交涉；因为共和主义，顶爱找它的统治者的错儿，且常疑心君主是妨害他们的。阿耳戈斯人如以为你之向他们乞求，并不曾得到我的暗示，则他们当更热心的帮助你。因此之故，我自己不便领了你们进城；但我的从人们将在城门口等候你，仿佛是偶然遇到的，否则，你的异邦服色将受到我们下流的市民的欺辱。"阿耳戈斯王说完了话，便坐车向城里去了；狄尼士步行着随之而去，他的力量超出于他的年龄以外。

焦急的女郎们眼巴巴的在等候她们父亲的归来，时间格外的长，好不容易，才看见他乘了骡子，由大路而来。他在山下停了骡子，便大叫道："好消息，女儿们，全体阿耳戈斯人的集会已经决定要援救你们了。下到这里来，我的孩子们！一切大难都已过去了，且来听这些高贵的人们对于我们所做的事。"于是女郎们全都欢呼着，如飞鸽似的下了山坡——全都下来，只除了许珀涅斯拉；当大众围拥了他们的父亲时，她留在山顶上，看望着海上的来船的举动。

狄尼士说道："现在赞颂宙斯，乞求者之神，我的孩子们，请求他赐给阿耳戈斯以最厚的福，给它的人民，特别是给它的可敬的国王。因为，因了他的指示，我才在他们之前得到了胜利；而当我在人民大会中，将我们的事，恳求着他们时，他便站立起来，叫他们想想看，他们如果拒绝了我们所必须遇到的两重罪过，因为我们不仅是他们的乞求者，且是他们的宗人。他看见他们已经感动，便捉住了机会在手，如一位机警无比的政治家一样，提出了这个决议：'现在决议，狄尼士和他的孩子们可住在阿耳戈斯，为自由的住民，不纳税，在国家的保护之下。他们不被国人或异邦人逐出此土。在他们被任何外来势力所压迫时，全体的市民都要起来帮助，否则，便要罚以违抗之罪。'珀拉斯戈斯这样的说着，不等到使者正式宣告表决，人民大会中已是这里那里的举起手来了。所以我们应该特别敬重这位聪明正直的国王；而在天神们中，我们要赞颂成功者宙斯，他给国王的友谊的帮助冠上了成功。"当狄尼士说完了话时，快乐的女郎们扬声赞颂宙斯，歌声甜蜜可爱。但许珀涅斯拉突然的在山顶上尖声叫道："父亲呀，姊妹们呀，不要让仇人们急急的将你们袭取而去呀！看呀，他们的大队已在海港中了，领舰已向岸划来，我能够看见白衣的水手们在它的甲板上如蜜蜂似的稠密。"

"勇敢些，勇敢些，我的孩子们！"狄尼士叫道，这时女郎们脸色苍白，全身颤抖的围绕着他，"记住，现在没有人能加害于你们了；阿耳戈斯将不让恶徒们以一指加于你们身上。哈，哈，埃古普托斯的儿子们，你们就这样的带了一群人来取老人和他的女儿们去么？你们以为我们是一个容易的俘虏物么？但你们将知道，你们所必须争斗的却不是无助的妇人们，我的勇敢的侄子，不，乃是比你们更强的人。"

"唉，我的父亲！"一个女郎插上去说道，"我们的堂兄弟，个个都是有力的武将，你自己也在战阵中看见过他们的凶猛了，阿耳戈斯人能够抵抗得住他们么？"

"呀，毫无疑问如果狼能够抵抗得住狗！"狄尼士答道，"我现在看见阿耳戈斯的矛兵了，一个狼头是他们盾上的标记。我告诉你们，孩子们，如狼在力上凶猛上胜过狗一样，这些希腊人也必能胜过尼罗河的儿子们，那么，你们可以不用害怕了；我将再回到城中去，招集我们的勇敢的防卫者；同时，我要你们留在这山上避难。"

"唉，不要离开我们，不要单独的留下我们，父亲！"女郎们哭道，"我们不敢住在这里。在你走后，那些恶徒会袭来的。他们将拖了我们去，虽然我们攀住了圣像……"

狄尼士安慰她们道："不用害怕，我将告诉你们其中的原因。你们的堂兄弟们，到了这个异邦来，必要先将他们的军队登岸安置好了，他们没有余力来为暴——这是要费很多时间的，我们自己知道，前面的海岸是很难登涉的地方。且他们所最要办的，乃是派遣了一个使者向阿耳戈斯人要求将你们献出来。假如那位使者发现你们在这里，想要捉你们时，你们极力的抵抗他，我在埃及人能够列队前进之前，必可带了援兵而来。"狄尼士这样的安慰了女郎们，便疾鞭骡子而去。她们仍旧在山中各守其位置，各在诵念乞求之辞，求神道给以帮助，不使她们落在敌人手中。但当她们跪在神前专心祷告时，王子们的一位使者，如狄尼士所预料的，走到这里来了；在她们注意到他之前，他已上了山，立在她们之中了。女郎们惊喊起来，紧紧的挤在一块，有如小鸡看见老鹰在它们上面翱翔着一样。那位埃及人冷笑着叫道："啊，逃走者，你们是被捉住了？啊，你们尽管惊喊，捶胸吧，愚蠢的处女们，那是一点也没有用处的。来，站起来离开这个地方，干脆的和我同到我的主人们那边去吧！站起来，我说，走呀，否则，我便将用这个棒子驱逐你们到船上去了！"

但处女们并不服从他；大家都推推挤挤的紧攀在圣像上，其余攀不着神像的，则紧握了她们姊妹们的衣服。许珀涅斯拉从众人中勇敢的说道："要使我们离开这个地方，除非用暴力来拖。走开去，否则这些神道们的愤怒，将降临于你们身上了，我们乃是他们的乞求者。"

"我管什么希腊人的神道们呢？"使者答道，"我想，他们的权力达不到尼罗河的岸上的。但我不再和你们说废话了；因为只有力量才能使你们走动，我便要拖了你们的头发而走了。"

他说了话便粗鲁的捉住了这位女郎。她尖声叫道："救我，救我，否则我要完了！到这里来救我们，国王！"

埃及人讥笑道："你们不久便有不少的国王了。啊，国王们与新郎们，给你们五十人全体！所以，走吧，不要多说废话了！"

但许珀涅斯拉向她所看见的走近来的一个人呼喊着；她看见了这人，使她更有力的抵抗着她的捕捉者；她用力尽了，挣脱了他的握捉。正在这时，阿耳戈斯王满脸怒容的向他走来，他大喊道："现在，你这个人，有没有意识？你敢在阿耳戈斯的国土之内肆行强暴？你以为你是到了一个女人国么？下流的野蛮人，我要教训你，使你知道知道希腊人！"

使者说道："我做了什么事呢？我一点也不曾损害到阿耳戈斯人。我只不过要收回我的主人们，埃及的少年王子们的合法财物而已。对一个和平的旅客加以这样的恶狠狠的接待，难道有什么别的原因么？或者对客人的礼待，还是贵国所不知道的一种道德么？"

"对于虐待妇人的客人，是的！"珀拉斯戈斯严厉地答道，"现在听我说，埃及人！你去告诉你的主人们说：阿耳戈斯的人民将不许任何人加暴害于这些女郎们身上，她们乃是市民的乞求者，且在她们的神与英雄的圣地中躲避着。但如果埃古普托斯的儿子们要求对于同家妇人的结婚权，则让他们同样的在我们市民大会之前控诉，由他们去决定。"

"如果他们拒绝不来控诉，将怎么办呢？"使者说道。

"那么让他们或者立刻退出海岸，或者预备打仗。"国王答道。

"我用谁的名义去传达这样不客气的一个消息呢？"使者说道，"真的，阿耳戈斯人，在你们传达这样消息之前，你们最好先三思，因为你们的小国是不足抵挡埃及的大军的，如果你们和我们挑战，则你们将会知道你们的损失的。"

"那只有听由天神们去决定，"珀拉斯戈斯答道，"但我们是披上了盔甲，预备要打的。你不要想用恐吓的话来惊退我或我的百姓，我们的武士是吃面包、喝葡萄酒的；像那样的人还怕和尼罗河上的全军相见么？不，对着阿耳戈斯的诸神！你可以把阿耳戈斯的国王的话，告诉给你们的王子。至于我的名字呢，你说，他们不久便可知道了……他们将在战场之上好好的记住它。"

埃及的使者走了，沿途自言自语着；因为看见一行长矛手从城中出发，正在大路上走着，觉得不便再逗留下去了。但被救的女郎们则围绕珀拉斯戈斯，快乐得又笑又哭；有的吻他的手，有的攀他的衣，全部谢他赞他。"不，现在，女郎们！"他说道，"不如先赞颂天神们，然后再赞颂阿耳戈斯的国民们，他们是列队来救护你们来了。看呀！这里来了断你们的父亲，他是来领你们到你们的新居中去的。他们在城中已为你们预备好住宅了。至于我，我本欲将你们全都迎接到王宫中去住；但他却有远见，宁愿接受了人民大会的好意，将你们当作了公共的客人。"

"是的，我的孩子们，"狄尼士这时已上山来，站在她们之中，"因为国王珀拉斯戈斯还没有结婚，而少女们的美名有如一株嫩花，很容易为坏人的呼吸所破坏。兼之，我们是旅客，又是居民，最好是一点也不忤违国民们。让我现在告诉你们，亲爱的女儿们，你们再不要忘记掉，你们在阿耳戈斯乃是客人与新来者，所以特别要防备他们的讥评；当以你们的小心谨慎的言行，赢得我们的主人们的好意。现在，我们快进城去吧；因为我看见国王已加入他的军队的前锋去了；当战士们在战场上时，妇人们最好留在家中祷告着。我知道，你们将不倦不息的祷求着你们高尚勇敢的阿耳戈斯人得胜。"

狄尼士从绿草满生的大坟上，领导他的女儿们进城而去；长眠于此墓中的阿耳戈斯英雄们，不为人所见，也没有人嘱咐，曾在女郎们危急的时候，默默的呵护着她们。

当埃古普托斯的儿子们听见了阿耳戈斯的国王与人民拒绝交出狄尼士的女郎们给他们的消息时，便急急的预备着战事。但他们不敢立时便开战，他们将船驶到了库普洛斯岛，这个岛乃是他们父亲的属地。他们在那里召集了三千名弓箭手与投石手，又由埃及调来了五千名矛手。他们率领这一阵大军，侵入阿耳戈斯；在一次猛战之时，以军兵人数的众多，压倒了阿耳戈斯的国防军，珀拉斯戈斯也死在了战场上。于是埃及人列队前去攻城。城中只留下了老弱的人在防守。但当他们走近城墙边时，一行列的妇人，各穿着嫁时的衣服，从城门中出发，向诧异的王子们迎来。她们乃是狄尼士的女儿们；她们鼓足了勇气，决意自献于军前，和王子们结婚，以救赎庇护她们的城邑。本来爱着她们的埃古普托斯的王子们，听见说如果他们肯和阿耳戈斯人讲和，他们的美貌的堂姊妹们便愿意立刻嫁给他们，他们便全都恳切的答应了下来，立誓于明日离开阿耳戈斯。于是埃及大军从城边撤退，立寨于海滨过夜；那一夜，便是狄尼士的女儿们的结婚之夜。

但当第二天黎明时，埃及军的全体都惊扰而恐怖着；因为他们的五十位王子，只除了一个大王子之外，全都死在他的军帐之中，胸前插有一把短刀。大王子名为林叩斯的，则不见踪影。五十位新婚的夫人也都不见其踪影。迷信的埃及人便断定，这乃是此土的诸神的复仇；他们全都惊吓不已，陆续的上了船，逃命而去，遗下他们的王子们的尸首，而他们所有的财宝、军器、行囊也都落在阿耳戈斯人的手中。但在城中，则凡逃出战场的市民们和他们的妻子们，都在热烈的欢迎狄尼士的女郎们的归来，有如他们之欢迎天神与得胜者一样；鲜花与贵重的地毡都垫在她们的足下，香烟缭绕于她们的四周，千万众的声音，欢呼着她们为阿耳戈斯的救主们。当他们走过时，老人们则致颂语，母亲们则举起了他们的小孩子叫她们看，吩咐他们至死不忘记这些毁灭了他们敌人的光荣的女郎们。因为现在全城才都知道，狄尼士女郎们之自献于埃古普托斯的儿子们之手，是别有计划的；当她们出发时，每个人衣袋中都藏了一柄短刀，预备当她的新郎熟睡时，下手杀害了他。这个计划果然成功了。

那一天，阿耳戈斯人既乐又悲。他们的敌人果然是逃走了，但他们的国王和许多的勇士则都死了。珀拉斯戈斯没有留下儿子，市民们便公推狄尼士为王。狄尼士即位之后，第一件事便是隆重地葬了阿耳戈斯的战死者；然后他去察看埃及人的遗营，将埃及人的遗物都分散给市民们，又命他们掘了一个大坑，将已死的埃及人都埋于其中。但当林叩斯的尸身没有找到时，狄尼士却忧闷不已；他回到了城中，立刻严厉的质问许珀涅斯拉，因为他知道，她是被林叩斯所娶的。许珀涅斯拉跪在地上，哭着自认，是她没杀她的新郎，乘夜把他带到山上的圣地里去，现在他还躲藏在那里。"因为，"她说道，"林叩斯待我异常的和善；他告诉我，直等到他能获得我的心时，他方才娶我为妻。我不知道怎样的……但从那时起我便爱上了他。"

狄尼士叫道："好不可羞呀，叛徒！我不曾忍受了放逐之苦，海涛之险；勇敢的阿耳戈斯人不曾战死在平原之上，为了要救你出于此人之手么？你不曾立誓的要杀死他，为他们，为你自己复仇么？而你如今乃敢告诉我说，你已释放了他，完全为了爱恋？自此以后，你不再是我的女儿了，我将把你交给市民们；他们将以反叛之罪判决你，如果他们已判了罪，我将亲自去看你受死。至于你的情人呢，他也得死；如果他离开了圣地，则死在我们的刀上；如果他留在那里，则将死于饥渴。"

于是许珀涅斯拉说道："你有权取去我的生命，父亲，却取不了我的荣誉与好名望。如果我死了，我死为一个无垢无污的女郎；阿佛洛狄忒可以作我的证人，证明我与林叩斯之间，除了纯洁之爱外，并无别情。唉，但愿那位女神，转移了我们彼此相结的心，可怜我们俩！"

现在，阿佛洛狄忒听见了这个祷语，真的现出了神迹来。当许珀涅斯拉在阿耳戈斯的市民大会中受审判——她父亲自己成了原告者——他问她有没有替她自己辩护的话时，一位头戴玫瑰冠的王后却到了她的身边，她的美貌是世上所未之前见的，她的金发上放射出非凡间所有的光明与芬芳来。她对为惊怖所中的裁判官们说道："阿耳戈斯的人们，这是我，必须替许珀涅斯拉求情。因为我，阿佛洛狄忒，转移了她的心，使她赦了她的情人。所以你们细想一下看，如果你们判罚了这位女郎，你们便将触犯了祸福之力不小的一个神了。但你们如果判她无罪，则你们不仅使我高兴，且也使你们自己的神后赫拉高兴了，她乃是结婚的神。因为我可以作证，林叩斯和许珀涅斯拉是彼此以纯洁光荣的爱相爱着的。他们自己禁抑着，直要到了正式举行婚礼之时，不尝试我的秘密之乐。狄尼士的这位女儿，诚然是没有服从了他，且破坏了她复仇的誓言，然而这是一个从古便有的法律；一个妇人可以弃了她的父亲和宗族而跟从她的丈夫。据埃及的风俗，你们已知道，林叩斯乃是许珀涅斯拉的合法的丈夫；虽然这个风俗在他们国中是不许通行的，然而她却是生长在埃及的，她有给他为妻的义务。至于说到她的破誓呢，我告诉你们，阿耳戈斯人，天神们却以为那样的破誓，在她不成为罪而反为光荣。我已说完了话；在你们下判辞之前，先细想我的话一下。"

阿佛洛狄忒如一阵金雾似的消失了，阿耳戈斯人不再见到她。他们互辩了一会，便依据希腊的风俗，投票以决定此案；每一个市民都要在票缶中投入一粒白色石子或黑色石子，白子为无罪，黑子为有罪。当倾出石子计数时，白子和黑子的数目恰恰相同。于是大会的主席——拈阄而举出的一位老人说道："依据我的职权，我有投一个决定票之权，我将这票献给了阿佛洛狄忒。以她的名义，我宣告许珀涅斯拉无罪。让铜号作声，使者布告大众知悉。"

这判决一通告出来，阿耳戈斯的妇人们便蜂拥到了大会地方，围住了许珀涅斯拉，叫她快活，且念赞歌以赞阿佛洛狄忒。但这位女郎在等候裁判，性命悬在一线之间时，却站在那里不动，也没有泪，这时反号啕大哭，跪在审判者之前，以最动人听闻的雄辩，并为林叩斯乞命。阿耳戈斯的妇人们也怜恤的哭了。她又请求有丈夫或有情人的妇人们也都加入恳求。市民们的心肠都软了，不能拒绝这么真挚的一个恳求。他们不仅答应救了林叩斯的生命，且还力劝国王狄尼士与他重和好，以他为女婿。于是许珀涅斯拉与林叩斯结了婚，同住在阿耳戈斯；她在此地建立了一所神庙献给"胜利的阿佛洛狄忒"。这两个人一生和谐无违的同居着，深为阿耳戈斯人所敬爱。狄尼士死后无嗣，他们便举了林叩斯为王。

但其余的狄尼士的女郎命运如何呢？这些杀人的新娘虽然救全了阿耳戈斯，但人们一反省这流血的行为时，他们的感谢却一变而为恐怖。他们觉得，如果阿耳戈斯容留了这些杀了血亲的流人，此城必要得祸。他们要想将她们放逐出境，但她们宗族的保护者宙斯却派了雅典娜和赫耳墨斯来，在阿耳戈斯他的神庙中洗清了她们的血罪。他以这个责罚代替了女郎们的放逐：她们要为这城市汲水、担水七年。现在，这个工作却不是容易的；因为普赛顿在河神伊那科斯的时代，已将此地的泉源都弄枯干了，所以狄尼士的女郎们必须跋涉得很远，从泥泽水池中汲水。有一天，他们姊妹中最少而且最美的一个，名为阿密摩涅的，到了近海的洛那泽中；她不自知的惊动了一只睡在芦苇的床上的萨蒂尔。这毛发鬖鬖的野人跳了起来，以醒醒的手捉住了她；她一点也没有自御之方，但她的悲叫却招引了一个天神来救她。这神乃是海王普赛顿。萨蒂尔一见了他的熠熠发光的三股叉，便逃走了；但可爱的阿密摩涅正要感谢他的援救时，却又重新的在他的贪婪的眼光之下颤栗着了。然后普赛顿握住了她的手，那么温柔的向她求爱，她才不复惊恐，只是低了头红了脸的听着；在她的心中，找不出话来拒绝他。在他们分离之前，他在黑黑的丛林中指示一所清泉给她。说道："普赛顿给你以这个清泉，美丽的女郎，以后，你便是此泉的主人了，不会再杂在狄尼士姊妹中受苦了，你将有了仙女们为姊妹，也和她们一样的不朽。"阿密摩涅于是不再回到阿耳戈斯去。

其余的狄尼士的女郎们，过了七年的刑期后，她们的父亲设法要遣嫁了她们。他于是想了下面的一计：他使使者们通告各地，他要举行一次伟大的竞技会，以祭宙斯及其他阿耳戈斯的保护神。此会非同小可，极为宏丽华盛，每一项的竞技都有最绚美的奖品为酬。这招致了许多的年轻勇敢的王子们到阿耳戈斯来。到了开会之日，全城的市民都来到土丘之下，看他们竞技，相扑，拳术，掷矛以及其他角力的比赛；国王狄尼士拿出了黄金的器皿，盔甲，作为奖品。

在竞技结束的那天，使者宣告举行一次赛跑，国王将供给最美好的奖品给她们；那时，四十八位狄尼士的女郎，打扮成新娘的样子，全身珍宝耀煌，由她们父亲引领了她们到目的地，排列成一行。"现在，朋友们，"他对会集的王子们说道，"这里站着我的女儿们，她们身上各具有王后的嫁奁。这些，乃是这次赛跑的奖品；第一个跑到的人可以选择他最喜欢的一个为妻，其他仿之，直到了全体都被占有了为止。"与赛的全都是国王之子。这一夜，狄尼士便举行了一次空前未有的结婚宴，宴请赛跑得胜者和他们的新娘。他这样的在一天之内，全嫁了他的女儿，她们全都离开了阿耳戈斯，各到了她们的新家，希望借此忘记她们在此地所做的事，所受的苦。

但她们第一次流血的可怜的阴影仍笼罩她们一生；不，歌者们还说这恐怖在地下还罩着她们呢。她们死后，被放在不可恕的犯罪者的鬼魂之中。狄尼士的女儿们又如她们生前一样的做着苦工，即每个人都要带了水瓶去汲水，要汲满了一具大的石水缸。非等到此缸水满，她们不能得休息；但这缸却永远不能满，因为缸底有许多的洞，如一个米筛一样。即使宙斯他自己也不能从血的复仇者依里尼士之手里解放出来。他生于诸神之前，而诸神如果灭绝，他却不灭。

二　杀戈耳工者波修士

国王林叩斯年老死亡时，他的儿子亚伯士继之而为阿耳戈斯的国王。亚伯士是一位聪明正直的国王，如他父亲林叩斯一样；他在位的时候，四境不警，人民繁富；良好的国王真足以招致天神们福佑于他们的子民及国王。亚伯士的妻子为他生了两个孩子，一个是亚克里修士，一个是柏洛托士。这两个兄弟从在摇篮中时，便已互相仇视，有如生死之敌；据说，他们在他们母亲腹中时便已互扭互斗着了。国王亚伯士死时，这两个兄弟恰到成人之年；因为他知道他们俩永不能和和平平的同居于一城之中，便在死榻之前，将国土公平的分配为二，二人各取其一。但阿耳戈斯的王城，他说道，必须给亚克里修士，因为他是长子。他严嘱他们彼此各守疆界，不准以兵戎相见，否则他便要诅咒他们。于是兄弟俩将阿耳戈斯分为两国，一个东国，一个西国，以伊那科斯河为他们的国界。亚克里修士占了东国，王城即包于其中；柏洛托士占了西国，包有米狄亚及底林斯诸村及欧玻亚山下的古代赫拉庙。上文所叙的接待柏勒洛丰为客，后来却送他到吕喀亚要他岳父杀害了他的柏洛托士，便是这位柏洛托士。他的故事，下文还要提到，这里说的是国王亚克里修士的故事。

亚克里修士在阿耳戈斯统治了整整十五年，诸事都很如意；只有一件事苦恼着他，即他的独养子乃是一个女孩子，她的母亲在生产时便死了。然而这个孩子是那么娇憨可爱，竟成了她父亲心中的至宝，眼中的爱悦；为她之故，他不再娶妻；他决定，当达那厄——这位女郎的名字——到了结婚的年龄时，他要为她寻一个王家子弟做丈夫，将他的国家交给他们和他们的子孙。

　　但当十五年过去之后，国王到得尔福的阿波罗神庙中进香；阿波罗借了女巫之口，给他以预警："人家都以你为有福，国王亚克里修士，但我却不然，因为你命中注定，要死在你自己女儿的儿子手中。"于是亚克里修士心中忧闷的归去。他想了许多，要想逃避那个运命，他自言道："最安稳的方法是达那厄不活在世上；但我却不忍置她于死地，我将幽闭她于一所狱室之中，除了我之外，没有一个男人的眼能够看见她。如果她没有丈夫或情人，这神示所言的事便不会出现了。"于是他命令精良的工人，在他的宫苑中建造一所铜塔，塔上最高的一间房子，没有一扇窗，只屋顶开了一扇天窗，以进日光。在这间房子中，他将女郎达那厄幽禁了进去。她的老年忠心的乳母和三个侍女，则住在塔的下层以服侍他们的主人。食物每天由大门的洞中传递进去；这一扇大门的锁匙，是亚克里修士自己保管着的，只有他一个人能够走进大门。

　　达那厄的性格是最温柔，最忍耐的；当她发见她自己被囚于这所装潢富丽的狱室中时，她曾哭了几场；但她父亲的意志对于她便是法律，她一点也没有怨恨不平的服从了它。从引导她塔中的卫队那里，她只知道她父亲是有意囚她于此的；她的侍女们也不知道以外的事。他自己，在他第一次到塔中看她时，便严峻的却又温和的禁止她质问他，命她安心住此，只要知道，他之所以如此对待她，并无恶意，不过为了对于他们俩都有极大关系的理由。他还说，她心中要什么，她都可以向他要——只除了自由。

　　达那厄囚入塔中之时，正是春光明媚的当儿。她正当年华灿烂之岁，心里渴想看见森林与田野，和平常一样的在绿草上散游奔跑，偕了她的小女伴儿同游同戏，采集野花或静听鸟儿的欢歌。在白天的时候，她坐在纺织机上自遣时光，或用她的黄金纺竿来纺纱，而老年的乳母则对她背说着无穷尽的神奇故事；但在晚上时，这位温顺的女郎却躺在她的象牙床上，不能合眼入睡，她常常为苦闷与绝望所烧灼，但求速死，比之囚在这所活墓中还好些。

　　在一个夏天的清晨，达那厄躺在床上，凝望着由天窗中射入塔中的朝阳的曙光。囚人的一个喜悦便是双眼盯望于嵌于雕花的天花板中的一块方形的蔚蓝天空，这便是她所见的唯一的外面世界了；除了下大雨之时，她永不将这扇天窗闭上。夜中的熠熠的明星，升在高天中的明月的半影，奔驰的云片，都是她所爱的；而最爱的是像玫瑰色的曙天。那时，她像一个小孩子似的，喜乐得笑起来，伸出她的双臂，以迎接投射于她的没有遮蔽的胸前的金光。她本来是很喜爱去迎接太阳的第一次吻的，但以前从不曾感受到那么甜蜜而奇怪的感觉。她的双臂垂下了，她半眩晕的躺着不动；然而，如在一个梦中似的，她看见太阳光变了，当它们射下来时，变成了一片片的黄金……是的，这必定是黄金。她觉得轻轻的落在她身上，还铿铿的微响着……黄金铺满了她的床，有如一片黄雪……"但我是在做梦呢！"她呓唔道，"这是黄金……那么温热，那么柔软……"一个幸福的大浪，溺没了她的意识，她不再知道什么了……

　　当达那厄恢复了神智时，金光已经消逝了。看呀！站在她身边的却是一位貌若人王的一个人，他的脸部和衣服如太阳似的明亮。这位女郎十分的害怕，但他对她说道："不要怕，温柔的达那厄，你还要喜悦着呢；因为我，神之王宙斯，乃是你的爱人，将永远的和你为友，心中永远记住我现在所得的快乐。你伸出的你的嫩臂，是向着我伸的，我自己便是那阵降到你胸前来的金雨。现在，温顺的心，我留下了一个比黄金还可贵的秘宝给你，这会渐渐的为你打开囚狱的门。你要求死，但我却给了你一个新的生命。勇敢的，不要害怕，不管有何困难；因为在世上没有权力会危害到你。最后，你便可以得到大大的和平的。"大神这样的说毕后，便消失不见了；无云的晴空上，打了一声焦雷。

　　达那厄从此日以后，不再焦急着了，她快快乐乐的和她的乳母及侍女们闲谈着，坐在织机上时，口中也和谐的歌唱着，有如一只鸟儿在笼中唱着。她们觉得很奇怪，不知道她心中所怀的希望。有时，她懒懒的坐着时，她的双唇便如在梦中一样微笑着分开了，默想着那潜藏的秘宝，将使她出了囚室。她想，这秘宝难道是一种什么神灵的不可见的神符，当她的严父下次到塔中来时，足以咒移了她严父的心？她现在渴望他的来临；然而他来了又去了，有许多次，却总不见有半个字说起释放她的；她仍然忍耐而有望的等待着，相信宙斯的允诺。不久以后，她便觉得，深深私自喜悦着，宙斯在金雨之中所给她的是什么一种秘宝……

同时，国王亚克里修士安安稳稳的住着，自以为他已逃出了神示所言的恐吓了；自从建了铜塔以后，一年过去了。一日，一个使者颤栗而愁苦的到他那里去，这人所带来的消息直使他的血为之冷凝：他的女儿在她的囚室中生了一个孩子。她的侍女们将这个消息从塔中报告了塔外日夜在那里守望着的卫士们，她们吩咐卫士快去报告国王这个奇迹。亚克里修士心里知道，这诚是一个奇迹，一个神的工作；因为没有一个凡人能够走进了铜塔，除非他得到了那把巧妙的钥匙，而这把钥匙是日夜挂在他自己的颈上的；但在他的既愤且恐之中，他便为一个毁灭达那厄与致命的婴儿的计划所捉住。"你们之中必有诡计，坏东西，"他叫道，"我将把你们全都杀了，将妇人们全都绞死了！永不要告诉我，我是被骗了，有人和公主在一处——爱神笑着锁匠。现在，对着阿耳戈斯的全部神道们立誓，我的女儿既将这个羞耻带到了我们家中来，她便将因此而死，她的私生的婴孩也将和她同死。"

国王这样的咆吼着；但他虽然恐吓着她们，他却并不想责罚她的仆人，他很明白她们的无辜，心中只想永远的除去那么神秘的生出来的、命中注定要杀死他的婴孩，他必须死……他母亲也要死；因为，这是很明白的，他没有别的路能够打败神示。然而要他动手去杀他自己的骨肉，则将沾染上不可恕的罪恶……经过了长久的思索之后，亚克里修士发现了一个更好的方法……他命人通知达那厄的乳母，一到了她能够起床散步时，便立刻让他知道。

老乳母快快乐乐的将这个消息报告了她的小姐，她说道，国王真的现在想要释放她出狱了。"只有神道们才知道，心肝，"她说道，"他为什么那么久的那么残酷的囚禁了你；但我知道，这个大奇迹竟使他的心柔化了。"达那厄微笑着，吻着她的孩子，想道："真的，宙斯说的不错，他的这个赐物将打开我的狱门。"但当希望释放的那天已经到了的黎明时候，国王的一队矛手到了塔下来；队长严厉的吩咐达那厄抱了婴孩和他们同走。他们默默无言的率领着她，不领她向王宫而去，却领她到了海岸的一个寂寞之所。她柔顺的跟随了他们走去，紧抱着她胸前沉睡着的婴孩；虽然她十分的明白，在这些男人们的脸上，她能够看得出她是注定要死的。到了海边时，他们又领她到一个耸出深海上的岩尖；达那厄看见一只大箱子放在那里，这箱子是王宫中所有的，雕饰得很精美，箱盖是开了的，箱中除了一个面包，一点水，一领铺在箱底的席之外，一无所有。她一见了这箱，血都冷了；然而当她的卫兵们将她放入箱中，盖上了穹形的高盖时，她并不挣扎，也不哭泣。那时，她十分苦闷的晕了过去；箱子被放在涨潮的水上，被带出海外时，她是不知不觉的躺在里面的。

她胸前的婴孩的啼哭及他的小手触着她要想吃乳，使达那厄恢复了知觉。她温柔的安慰着孩子，给他乳吃；她一点也没有想到别的事，直到他吃得满足了，又沉沉的睡去。在她的浮泛于海面的狱室中，并不十分黑暗；有好心的人，在箱盖上打开了一个洞，给她以空气。她从这个小洞中能够看见一线的青天，不时的为浪头所撼动；一阵爽风从西方吹来，她的木箱无帆无舵的，在风前吹去有如神灵在呵护着。但达那厄却坐在那里。栗栗地恐惧着，四周的浪声哗哗的推涌着，头上的风呼呼的吹啸而过。当她望着婴孩安安静静地睡在她的怀中时，眼泪成行的流下她的红颊。"啊，我的儿子呀！"她说道，"当你甜蜜蜜的睡在你母亲怀中时，你一点也不知道你母亲所受的痛苦。沉沉的沉沉的熟睡着……深深的静静的呼吸着……一点也不怕在你的金头之上风的啸号，浪的高涌！……唉，亏得你一点也不知道我们所要遇到的毁亡，你这可爱的儿子！……睡着，我的爱，母亲将对你唱一支摇篮歌……

　　睡吧，孩子，催眠歌！
　　睡罢，风浪那么高！
　　一切有害的东西，沉睡罢，
　　都不要走近来！

达那厄一边流泪，一边唱着；然后，举起了手，说道："唉，宙斯呀，到底什么时候，你所给我的苦厄才能过去呢？为了这个无辜的你给我的小人儿；是的，神之王呀，我们是你的，我和他，你怎么不救我们呢？唉，但愿我所相信的你的允诺不至于无用！"

达那厄这样的说着时，宙斯却使她长久的熟睡着。木箱和岩石嘭的一声重重的相碰，这使她重新惊醒过来。她看见箱子已经打开被放在海边了，一个人俯身向她望着，露出诧异之色。"夫人，"他说道，"或者我应该称你为女神——因为我从不曾见到过这么美貌的一个凡人——你是谁，你从什么地方来，为何以这么奇怪的方法到了我这岛上来？"

"好先生，"她答道，站立了起来，"我不是女神，不过是一个最可怜的妇人，我的名字是达那厄，阿耳戈斯是我的本乡，我被他们送到这个箱中，预备要将我溺死在海中，为的是他们以为我犯了罪；但我实在是无辜的。请你告诉我，这是什么岛，我怎么会上了岸的？"

"这是西里福斯岛，美丽的夫人，"那人答道，"我长兄柏里狄克特士的国家。我的名字是狄克堤斯，今天早晨去打鱼；正在那时，当我将我的网抛入水中时，我的机会很好，却将你这个箱子拉到我的船上来了。相信我，我十分高兴你的奇异的逃脱，因此要谢谢天神们。但你是又弱又疲了，来，我要带你到国王的宫中去，你将在那里得到食住；他一定会很高兴欢迎您这样的一位客人的。"

达那厄被带到岛王那里去；他很殷勤的接待了这可爱的客人，叫她忘记她以前的忧闷，因为她是到了一个新家，到了朋友们的家中，如国王的女儿似的不缺乏一点东西。他给她一所美宅，一队的奴隶，许多必需的东西；所以她快乐而光荣的住在西里福斯的岛上，直到十八年如流水似的过去了。

从活的金雨中出生的孩子现在已长成人间最美丽的孩子了；他是他母亲心中的喜悦。她叫他为波修士，那便是"太阳王子"之意。——因为他是在太阳光中来的。他的闪闪有光的俊眼，黄若纯金的美发，都足以当此名而无愧。岛中的人无不爱重波修士，他风度既美，性情又谦和。但国王柏里狄克特士则心中私自恨他；他不仅妒忌这位少年之得人心，且也因为，他久想娶了美丽的达那厄为妻，而达那厄则始终坚拒着他，告诉他说，她的全心都已给了她的爱子。

国王每一年必在宫中举行大宴一次，岛中的男人全都要赴宴；这个大宴的风俗是每一个赴宴的人都要带一件贡品给国王。当波修士十八岁时，他便也和其余的少年同去赴宴；但因为他没有自己的东西，他便空手而去。大众都坐在席上时，国王投他以一眼，口中咕噜的说道："今年乃有几个乞丐似的异邦人，自来杂于他们之中。"于是少年站了起来，他的美脸上羞涨得通红了，说道："国王呀，我实在是一个异邦的人，在你的国内养育着；我一点自己的东西都没有，所以我不能像你的别的客人们一样，带了贡物来送你。但因为你既以此为不敬，则我愿对着天上的宙斯立誓，我要给你以你所欲的任何礼物，我即使要到天边地角去找，也得找来送你。"

"你这么说么，勇敢的少年？"国王叫道，"那么你带了墨杜萨的头颅来送我！"他说了这话，大笑起来，大厅也回应着。他很明白，他已将达那厄的儿子陷于一个致命的寻求中了。

"如果你说的是真话，"波修士说道，"请告诉我墨杜萨是谁，是什么样子的；如果我活着，我一定要带了她的头颅来给你的。但这又似乎是你故意和我开的玩笑。"

"不，不，"柏里狄克特士说道，"如果我笑了，那是因为我很高兴看见在你那样年龄的人乃有那么勇敢的精神。这很值得你的寻求，完全不是一件开玩笑的事。因为你必须知道，在极西的西方，住有三个姊妹，人家称她们为戈耳工们。她们是极可怕的东西，既不是人，也不是神。她们的形状是妇人，但她们的肩上却长着鹰翼，她们头上的每一根头发都是一条毒蛇，她们中的两个，是长生不死的，但第三个却是会死的；这个便是墨杜萨，去杀她乃是最高贵的英雄的一件值得去做的事。所以，波修士，我选择了那位怪物的头颅，作为你允诺给我的礼物；相信我，我很确知，你母亲的儿子必将赢得这样一个行为的名誉的。"

波修士他自己是坦白无私的，所以他以为别的人也都是坦白无私的；他谢了国王的好意，便请他再仔细的说，戈耳工们到底住在西方的什么所在。"不，那我不能告诉你，"柏里狄克特士说道，"因为据人家的传言，她们是住在尚未为人所发现的地方，远在大洋的西门之外。但对于像你这样的一位勇少年，这又有什么关系呢？你不是说你能够旅行到地角天边么？起来，走去，那么，我知道你是很热心于这个冒险的……祝你顺利！但在你走之前，请你以此杯中酒为质——你们，我的客人们，请你们全都为杀戈耳工者波修士干一杯。"于是他自己干了一杯，举着空杯向波修士，一边对着他的熟悉的人们点头，使眼色；他们也便扬起酒杯来，高叫道："祝福你，勇敢的人，祝你前途顺利！"但少年偷偷的望着他们的微笑的脸和国王的冷漠的眼光时，他看见，他是被他们全体所讥嘲着了；他回过身来，不说一句话的走出了大厅。现在是沉寂无声的午夜，但他并不归家，他走到了海边，在那里走来走去，心里苦思着。他想不出什么原因，国王柏里狄克特士要当众羞辱他；且更以人力所不能办到的事命他去办。他现在看得清楚了；然而为了他已立誓之故，他决不退缩……他要在太阳初升之时，雇了一只渔舟，渡到一个较大的岛或一个大陆的海港，在那里，他可以找到一只大船，驶向西去……运气很好，前面有一个老渔夫，坐在他的小舍旁边，在明月的光下，修补他的破网！……他要和这位老人家商量雇船过海的事。

　　渔夫当波修士走近之时，抬头细望着他；当他听完了他的请求之后，说道："我想，我认识你的脸，少年，你不是达那厄夫人的儿子么？""不错的，"波修士答道，"但你是谁，老人家？因为你虽认识我的脸，我却不曾见过你，虽然我认识我们小岛的一切人民。"

　　"如果我如你所求的渡了你过去，我是谁没有什么关系，"渔夫说道，"但在我渡你之前，你必须告诉我你为了什么缘故离开了西里福斯岛。"

　　于是波修士告诉他一切在国王宴席上发生的事；且说，他已决心要去寻到墨杜萨而杀死了她。"什么，这是仲夏的狂病呢，"渔人叫道，"我告诉你，好孩子，你也可以答应国王将前面的明月从天上取下来给他；而你现在是到一个必死无疑的路上去了。"

　　"这也许如你所言的，好心的老人家，"波修士说道，"但无论如何，我是要走的，为的是话已说出口了。所以不必多费话了，但请你直接的告诉我，我能否雇了你的渔船，雇价是多少？"

"意志坚强的人必定有他的方法，"老人家改变了口气说道，"而我爱那勇敢的人……我借给你渔船，不要一个钱，波修士……不过……我有几件东西在这里，这些也许可以供你必需时之用。"

他说着，站起身来，俯身于船上，从那里举出一个行囊，如旅行者所常用的一样，又回身向着波修士，将这行囊给了他。但这少年这时见了他却大吃了一惊；因为在那个时候，老渔人的样子完全变了。他高大挺直的立着，不再是老年人弯背曲腰的样子了；他的粗布衣裳溜下了，现出一身熠熠的胸甲；他的渔夫之帽，变成了一顶绚丽的金盔，而金盔下面的脸——啊，好不可怪！——乃是一位处女的脸，年轻美貌，而神威凛然，双眼之锐，直可刺入人心。于是波修士知道他所见的乃是神圣的雅典娜；他恐惧着，说道："啊，宙斯的光荣女儿，你为何到我这里来呢？"她带着又庄严又温柔的微笑答道："我来帮助你，波修士，受了我父亲的吩咐——他也是你的父亲。好好的放胆前去，取了我手中的行囊；在这囊中有三件东西可以帮助你这次的冒险。第一件是赫耳墨斯有翼的金鞋，这鞋可带了你在波涛上行走而不被水所湿；第二件是地下国王普路同的隐形帽，这帽可使戴者不为人所见；第三件是一把尖利无比的钻石镰刀，这是海淮斯托斯所造，用此刀来斩墨杜萨的头有如割稻者收割黄金粒粒的稻秆。现在听我说，你要如何的去找到她，如何的去杀她。当你飞行到地球的西边时，跟了太阳的行程而走，你将到达'微光之地'，在大洋的边界上；在那里，在海边上的一个洞中，你将寻到'灰妇人'们——三个与时间同寿的皱纹满面女巫似的老妇人；她们三个人只有一只眼。这些人乃是戈耳工们的姊妹，她们知道到戈耳工们住处的路径。但她们将不肯告诉你，因为她们是有先知之力的，会知道你及你的来意。所以你必须偷偷的戴了隐形帽到她们当中，当她们如常的把眼珠由这个递给那个时，你夺去她们的独眼，然后你恐吓她们说，她们如不说出她们的姊妹住在何地，你便要将这只眼毁坏了，她们必定会因恐惧盲目而屈服了的。当你到了戈耳工们那里时，你将由墨杜萨的翼而认识她；她的翼，白如天鹅，而其他的两个姊妹，则都是鹰翼。她们都是极凶猛可怕的，假如她们能看见你，英雄，你的生命便完了；她们将捉住你在臂间，以她们的蛇发来绞你，因为她们的力气是非凡的；我借了地狱中的隐形帽来以救你脱了此厄。但还有别一个危险呢，为了要渡过这个难关，我再借给你第四件东西——我自己的盾。因为墨杜萨的双眼是具有那么可怕的能力，凡是看着它们的人都要立刻变成石头；所以，你要小心，不要与那眼光相接触，只能向后退着走，走近了，举起盾来，当作一面镜子，使她的影子指导着你的一击。击下了她的头颅之后，又要小心，不去看她的头部，为的是她的双眼虽在死后仍有那种能力。将它立刻纳入你的行囊中，飞快的逃走，以避其他两个戈耳工的复仇。现在，再会了，我的波修士；勇敢前去，不要怕，因为当你危急时，雅典娜总在你的身边。"

女神说完了话，一转眼间便消失不见了。波修士心中充满了感激与诧异，跪下去吻着她的足所踏的沙。然后，他打开了行囊，吃惊的看见天神们所借给他的东西：赫耳墨斯的金鞋，鞋跟的两边，长着黄澄澄的金羽翼；普路同的魔帽，是一种黑而柔的兽毛制成的；熠熠有光的镰刀，是天上神匠海淮斯托斯所造的。他穿戴上了这些东西，便将行囊背在背上，取了雅典娜的盾在他的臂上，开始起程；飞得高高的，经过地中海向西而去。

当达那厄的儿子离开了这个他在世界上所知的唯一的所在——小岛时，短促的夏夜已经是快尽了。他在高空中飞行了不久，大地与海便都已浴在朝阳的光中。那时从南方来了一阵狂风，驱逐了一群白云，在前飞奔着。这风的力太猛了，竟将波修士吹出了正路而到了极北的希卜波里亚人的地方去。在那地方，终年没有雨，没有冰雹，没有雪，树木也不落叶，四时气候皆是温和的，因为这个国家的疆域乃在北风的冰冷的包围之外。那个地方的人民也与他们不同，他们不知忧闷疾苦，也不会老，但康康健健的活到了一千岁之后，他们便一点也不痛苦的入于不醒的长眠中。这些有福的人民乃是属于阿波罗的，他们以音乐与歌崇拜他，又以野驴的牺牲祭他。当黑暗的寒冷的冬天到了时，阿波罗便离开了他的得尔福的住宅而与希卜波里亚人同住着，直到了第二年春天再回到大地上时。许多人出发去寻求这个神奇的地方，但没有人到达那里。其实在的原因是：通到那里去的只有一条路，而这条路却是一个隐路，除非为天神们所保佑，没有一个凡人能够走到这条路上去。现在，宙斯为了给他的儿子光荣，使他先于一切凡人走到这条神秘的路上，于是波修士便到了阿波罗的快乐的人民之中。他们快乐的接待他入室；那一天，他看见他们杀牲祭神，还和他们同宴。但当太阳西斜时，他便站起身来和他们告辞，说道，他还有很远很远的路要走呢，即要到大洋的门去，于是他又飞到广漠无垠的天空上去了。他跟随了赫利俄斯的熊熊的车辙，翱翔过半个世界；而在远远的远远的下方，山峰、森林以及蜿曲如带的河流都清楚而细小，如在一个图画中。正当太阳沉入它的大洋床上时，波修士也到了地球的最边岸了，便降到"微光之地"的雾与阴影中去。

他看见了雅典娜所说的洞穴，"灰妇人"们正坐在洞口，她们咿唔着一曲奇怪的小歌，她们的茫然而苍白的脸在微光中看来如鬼魂似的。一个妇人手中执着她们所共有的独眼，这只眼如红宝石似的灼灼有光。当她将这只眼传递给她的隔邻时，波修士冲向前去，从她手中抢了去。她高声哭叫道："唉，姊妹们呀，我们所恐惧已久的他，已经来了，不为我们所见的将我们的独眼劫去了！"那两个妇人也如冬天的风似的呻吟着。但波修士叫道："因为你们知道我，老太婆们，你们一定会猜得出我所求于你们的事。告诉我到哪里去找戈耳工们，我便还了你们的眼睛。如果你们拒绝不言，我便要将此眼踏在脚下，或投入大洋中了。"

"除了此事之外，别的随便你问，宙斯的儿子，""灰妇人"们哀求道，"光荣，财富，国王——这些我们都可给你，虽然我们是那么穷苦可怜。你要什么，我们都可以给你，只要你还了我们的独眼！"

"不，我一点也不注意那些东西，"波修士说道，"因为在我的心中，除了我所要寻求的东西以外，别的全不注意。回答我，妇人们，否则你们将终古的瞑坐在黑暗中了。"

"灰妇人"们见他不为所动，便指示他沿了大洋岸向南而去，直等到他到了一个岩石的小岛，紧靠在一个高岩之下。这小岛乃是戈耳工们的巢穴。现在，波修士依言到了那地方，看见一片黑色的险岩，由海由陆都不可近；在微光中，只见危峰四耸，险浪在岛边冲击不已，浪沫白而有光。他隐隐约约的看见有三个有翼的人形，共伏在岩岛的平顶之上，有如巨大的海鸟们栖息于彼。于是他飞栖在她们上面的危岩上，等候着明月的东升，俾得看见三个之中哪个是他所欲杀的。但，因为疲倦过度之故，他躺下身去，睡了一会。当他醒来时，明月已经如圆盘似的升在高天之上。熟睡着的三个戈耳工们的形状，在月光之下如在白昼一样看得清清楚楚。波修士执了钻石的镰刀在手，轻悄无声的飞到了她们的岩岛上，极谨慎的走近了她们，专心的凝视在明镜似的雅典娜的盾面上。他在盾上看见了白鹅翼的墨杜萨的影子，她的蛇发，她的美丽而可怕的脸部。正当他在盾中看着时，她忽然睁开了灼灼的双眼，以说不出的恶狠狠的视线四望着……仅是她的影子已足够冷却这位英雄的血液了。他耸耸肩，心里震跳着持刀斩下去……当他割稻似的扬下去，那柄弯刀的锋口在空中熠熠的发光……一阵可怕的咝咝之声……一声重击……这个戈耳工的头颅已滚到他的足下了。当他握住滑腻的死蛇时，颇有些惊惧，然而他竟握住了蛇发，将这个戈耳工的头颅塞入他的行囊，如一支箭似的向天空冲飞而去。正在这时，一阵非凡间所得闻的呼叫，告诉他墨杜萨的姊妹们已经醒过来了。这两位姊妹飞上了空中，鼓拍着她们的鹰翼，四面的狂飞着，要寻找杀墨杜萨的仇人。不可见的英雄却注意到雅典娜的吩咐，轻悄悄的飞过了她们，向东而去。

现在，这位女神她自己，也不为人所见的站在岩岛上，波修士的身边，鼓足他心中的勇气，使他的手臂格外有力。当戈耳工们猛冲着要来复仇，晕倒在墨杜萨的无头尸首之旁，高声的痛哭着时，雅典娜还逗留在那里未去。那个悲歌是那样的惨美，连雅典娜听来也为之感动悲伤了。不久，她便创造了笛，用以模拟戈耳工们的悲戚的音乐。她将这个乐器给了凡人们为娱乐之用后，还教他们以模拟蛇发女郎们的挽歌的调子。

但当她们还悲歌着，美丽的女神还不为她们所见的站在那里时，一个奇迹中的奇迹在她们之眼前出现了。从流注成一个黑泊的墨杜萨的血中，涌出了一匹神骏异常的马，如冬雪似的洁白，一对天鹅般的大翼伸出它的肩部。当戈耳工们诧异的望着这个生物时，它已翱翔于空中，离开了她的宗人逝去了。然后雅典娜出现于她们之前，说道："神与人所同憎的姊妹们，墨杜萨的儿子是一匹有翼的马，你们为什么觉得可怪？你们不知道她的情人乃是驯马者普赛顿，而他和她结合时乃变了马形的么？看呀！我现在已经对她报复了她玷污了我的利比亚神庙的仇了；她竟敢在处女神的庙中作恋爱的拥抱。是我帮助了波修士到这里来的，他已经将墨杜萨的头颅斩下取去了。至于墨杜萨的神奇的儿子，它的神父已留养了它，过不久，便要领它到一个凡间的主人那里去了。但过此以后，他便要留养于宙斯的黄金的马厩之中。"

雅典娜说完了话，自行前去，不顾戈耳工们的悲泣。据水手们告诉人说，他们驶行过西班牙的沿岸，在明月光下，还可以在风中听见她们的悲鸣，且还可以在岩上看见她们的黑影，俯伏在一具无头的尸上。

波修士转身背了大洋河而飞行，飞过了山脉，飞过了平原，飞过了地中海许多路。他足上为赫耳墨斯的神鞋所托住，比鸳鹰还疾的飞行着；在灰白色的黎明时，他已飞过了库瑞涅的高山，尼罗河的为迷雾所封的河口。在太阳初升的时候，他已看见埃塞俄比亚的岩石的海岸线在他的面前了，在那里从海边扬起了一阵大哭之声。波修士飞近了，去看看这哭声究竟从何处而来。他看见一大群的男男女女，站在高耸的红色岩的边上，全都以恐怖的脸向海而望，高声大哭；危岩之下，在一条窄长的沙地之上。有一个白色的人形站在那里僵直不动，有如雕成的石像⋯⋯但飞近了一看，波修士却见她乃是一个活的女郎，被铜链缚住在水边的一个桩子上，她的玫瑰色的肢体是赤裸无蔽的，只有黑色的长发披到了她的膝盖。她的头向后仰着，她的眼睑紧紧的闭着，假如她的红唇不时时的如一个人在极痛楚中似的颤动着，波修士一定以为她是眩晕过去了的。

见了这个情景，英雄的心又怜又怒，他飞停在沙地上，脱下他的隐形帽。"啊，最美丽的女郎"，他温柔地叫道，"什么坏人胆敢这样的使你受苦呢？不管他们是谁，他们都要重重的受罚！"她睁开了她的温柔的黑眼，诧异的凝望着他，微声的说道："我所见的在我面前的是一位神道么？唉！但愿你是居住在俄林波斯山上的一位神。不要讥笑我，因为你很知道我是在这里等候着我的运命。"

"我不是一个神，不过是一个妇人之子。"波修士急忙答道，"然而我却有神道们帮助着我，我很相信，是他们送我到这个地方来，用了他们的一件赐物，我可以把你从这个可羞的束缚中解放了。"他从行囊中取出海淮斯托斯所铸造的镰刀来，斩断了缚着她的铜链，有如斩断朽绳那么容易。她的美手一被释放，便将她的黑发，更紧的裹蔽了她的身体。她脸上如玫瑰似的羞红。然后，她突然悲哭着说道："唉，和善的少年！你斩断了我的铜链是没有用的，因为我无处可逃……我被放在这里要残酷的死去……时候到了……唉，立刻逃开这个地方吧！我请求你，否则，你也要可怜的死了。"

"你以为我是那么卑鄙无用么？"波修士叫道，"不，我要救你，如果天神们愿意。如果不，则生而为一个懦夫，不如死好！现在快快的告诉我，你所说的这个运命是什么呢？如果我猜得不错，这乃是从海中而来的，前面有大群的人在等望着它呢。但说呀，且让我知道我所要遇到的是什么样的对手！"

"一个从海中来的巨怪，"女郎说道，"为的是普赛顿和我们生气，送来为害于我们国中的。唉，勇敢的少年，所有你的勇力对于它是一点也无所施的！它比五十支桨的大船还巨伟……没有刀刃能够刺进它的黑而巨的腹中……它的大牙床上，有三排的铁齿，而且喷吐着一种致命的蒸汽。每一天，太阳升起时，这个怪物便上岸来寻求食物，每天都来——因为它在岸上也如它在水中一样的行动敏捷——他捉了牛畜，男人，女人，生吞了他们下去。一只牛，他们说，不过只够它一口。它为害了一天，害了不少的人畜！……后来，昨夜，一个神示说出这乃是因为普赛顿的愤怒之故，除非将国王的女儿献给这个怪物，它的怒气才能够平息下来。……"

"而你便是那个女儿么?"波修士叫道,"告诉我你的名字,姑娘;和你父亲的名字,他所统治的是哪一族的人民?一个野蛮的民族,然而一个更野蛮的国王,竟将他自己的女儿送到了这里!"

"不,他也是无法可想,"公主说道,"一个女儿死了总比全埃塞俄比亚国家都灭亡好些。因为,你要知道,这个地方之名乃是埃塞俄比亚。至于我父亲之名呢,是刻甫斯,我自己则名为安德洛墨得。"

正当她说话时,他们上面的危岩上的众人都同声恐怖地叫起来;在他们足下的海水如烧开的水似的滚沸着,有一个大动物向沙地而来。这是一只如黑船倒翻过来的东西,由海中现出来,哗哗的登了岸。一个可怕的头,紧近于波修士所站的地方;那么近,它口中的腥气竟温热的拂到他的脸上。但英雄如思念之快,将安德洛墨得拉到了他身后,从行囊中抓出了戈耳工的头颅,正向着这只怪物的小而恶毒的眼冲去。看呀,当它的眼与已死的墨杜萨的眼相接触时,它便在一瞬间凝固了;它的大嘴,仍是大张着,但嘴中却不再有呼吸透出了,它整个的庞大的身体都变成了岩石!据说至今还在那里。

站在高处观看的人——他们乃是邻近城中的全体人民——并没有看见有一个外来的少年和安德洛墨得谈着,因为她为悬岩所蔽,他们几乎看不见她,且他们也只专心的望着巨怪的出现。他们为他们的惨死的公主而悲哭着,然而大众又都偷偷的希望着要知道,这可怕的牺牲的告成,俾他们得以逃出天神送来的恐怖的掌握之外。但当他们伏身于岩边,向下望时,却看见这个怪物上了岸,又见到继于其后的奇迹,便都大声欢呼,感谢天神,大叫道,一个天神幻化为一个凡人,来救全了公主。全体人民都由最近的路奔到海边,拥挤于波修士的身边,跪在他的足下,赞颂他,祝福他。但他在这时,却将安德洛墨得包裹在他的大衣之中,握扶着她在臂间;她是几乎要晕过去,脸色苍白异常。他不耐烦地叫道:"朋友们,不要谢我,我也和你们一样的是一个人;你们去谢天神们去吧!特别要谢雅典娜,因了她的福佑,我才能将这可怕的怪物毁灭了。现在,请你们中的几位,将你们的公主抬到她父亲宫中去,至于我呢,我还要赶路前行呢。"

于是安德洛墨得从他的肩上抬起了头，挺立在那里，以坦白感激的眼光望着他，说道："你不要离开我，人类中的最高贵者，等到我父母看见了他们孩子的救主——没有别人的手，只有你的，才能将我还给了他们，如从死中还给他们一样。请你现在就和我们同走吧！我是强健的，不要人抬，只要依靠在你的臂上便够了。"

"随你的意吧，美丽的安德洛墨得，"波修士说道，"因为我不是一个鄙夫，会拒绝你的那么细小的一个希望的。"

于是全体的人民都欢呼着；当他们望着刚才还是他们的恐怖而现在已化成了岩石的怪物时，他们便匆匆的飞奔进城，要将这个惊人的消息报告给国王知道。但波修士和安德洛墨得却走得比较慢；因为他们一路上有许多话要谈。起初，她问他的姓名及父母；她热切的问着他，温柔而好奇的望着他，一层层的问着，直将他所有的身世都知道：达那厄的故事，他在西里福斯的幼年的事，以及他为何要去寻求戈耳工的头颅，以及以后所发生的神迹。然后波修士也回问着她；问她普赛顿为何对于刻甫斯及他的人民们发怒。"唉！"安德洛墨得说道，"我们全都为了一个人的罪过而受害；那个人便是我的母亲，王后卡西俄珀，因为她长得异常的美貌，她也以此十分的自傲；她夸说，她自己比之时游于我们海岸上的海中仙女们还要美丽。不，她还禁止我和我们城中的女郎们依照着向来的风俗，献花于建在海边的她们神坛上；她说，她自己比之她们更值得受此光荣。于是，如神示所指出的，仙女们便向他们伟大的宗人普赛顿控诉我们；他送了这个怪物来害此土，俾卡西俄珀不得不献出她所爱的女儿作为牺牲以献给被违侮了的海中诸后们。"

此外，当他们在绿草地上走着时，少年与女郎还谈了许多的话。他们到了城边时，他们的谈话已成为如熟悉的朋友似的谈话了，他们的心已彼此的固结在一起。国王刻甫斯和王后卡西俄珀在城门口迎接他们；贵族们和百姓拥拥挤挤的站立着，全都穿了宴会之衣，头戴花冠；当她的父母喜得出涕的抱着安德洛墨得时，他们并也欢迎波修士，热切的感谢他。国王问知了他的名字之后，便对他说道："啊，波修士，我要给你什么报酬呢，你这位救了我独生女的人？你有广大的土地，或我们的最肥美的牛羊，或装载了埃塞俄比亚的黄金的一只船么？尽管向我要你所想要的东西，且取了它，取了半个王国我也不惜。"

于是波修士说道："唉，国王，我既不欲也不配接受报酬，为的是，我之做此，纯因了雅典娜的保佑。但你既允许给我以任我所择的赠品，那么，便给我以这位女郎为我的新妇！"

"那我很愿意，"刻甫斯答道，"因为谁能更配娶她呢？她将有一个高贵的丈夫，我也将有一个女婿能给我家以光荣的名誉，我们知道天神们显然的注定了要你为著名的历险的。但愿他们祝福这个婚姻，给他们以如他一样的儿子，当我去世之后，承继我的王位。至于你自己呢，我将使你成为一个王子，为嗜战的埃塞俄比亚人的一个领袖。"

"你不要以我为忘恩背义，埃塞俄比亚国王，"波修士说道，"但我不能住在你的国内。因为第一件要事，我必须回到西里福斯的小岛的家中；我已和那个国王立了誓，要带了戈耳工墨杜萨的头给他。那个头我已放在我的行囊中了，海兽之化石即此头之魔力所致。但当我实践了我的允诺之后，我便要回到我的生地，著名的阿耳戈斯，为的是我是那个地方的继承人；我是达那厄的儿子，而她则为老年国王亚克里修士的独生女；现在，我已成人，我便要到我没有见面过的外祖父那里求我应得的权利了。他是一个凶猛无人心的人，以一个不名誉的虚罪乃投我无辜的母亲于海中，那时，我还是一个无知无识的婴孩呢；现在他必须偿她所失，否则将有所不利。"

刻甫斯听了他的这一席话，心里很悲戚，说道："虽然你所要做的事是很聪明，很好的，阿耳戈斯王子，但要回到你的远地的祖国去，假如不是为了我已允诺之故，你不该带了我的女儿和你同去的。"王后也高声的插上去说道："唉，英雄，你忍使这位女郎，那么娇美的一个美人，当你寻求幸福时，跟随了你跋涉各地么？"

"让她去选择吧，王后，"波修士微笑的说道，"如果她不愿意和我同去，那么，我将国王所说的话给还了他，不作准。”

“说得不错，”刻甫斯叫道，“现在，女儿，你怎么说？你要和你的父亲母亲及宗人们同居着呢，还是跟了这个异邦人到了异邦去？”

女郎垂下了眼，脸上羞现出爱神自己所有的红色，轻轻地说道：“我将跟随了波修士去，我的父亲，虽到了地之末端也愿意。为的是，我现在是他的了，不是你们的——啊，求你们原谅——你们已将对于我的一切权利都给了新郎‘死亡’了。我给他以他所救的生命；他到哪里去，我也要去；他住在里，我也要住在哪里；天神们给他以祸以福，我也将同享同当。”

“随你的意吧，女儿，”国王说道，“我今天看见这位少年得到了双重的胜利了；不仅雅典娜保佑着你，阿佛洛狄忒也和你友善呢。娶了你的新娘，王子波修士：我很高兴的联合了你们的手。现在我们要到宫中去，谢了神之后，你们的结婚宴便将举行了。”

那一天，全城都休假庆祝。国民们由远由近而来，他们听见此地的恐怖已不再有，都热心的要一见结束了它的英雄。国王刻甫斯终日的开宴，以接待一切进他宫廷中的人；宴席是那么丰富，你将以为天下了肉与酒下来。到了黄昏时，波修士和安德洛墨得的婚礼便依据了埃塞俄比亚的风俗，严肃、宏丽的举行着。国王和王后都恳留他们的女婿留住七天，一边他们可以预备一只船，装载了财宝、珍奇、美冠、佳服，以及一切属于一个公主的嫁奁之物，俾安德洛墨得在她未来之家中可以安适如常，一物不缺；在这七天中，婚宴仍继续的举行着。但在第七天上，国王和他的男客们宴后正休息时，宫门外却有喧哗的声音。突然的，一队盔甲绚烂的兵士冲进了大厅，喊叫着，扬着他们的矛。他们的领袖是一个巨伟的黑髭的埃塞俄比亚人，全身武装，闪闪炫目。他走到国王座位之前，恶狠狠的望着他，说道：“虚诈的刻甫斯，我怎么会听见你将我的未婚妻又嫁了别一个人的消息呢？你不曾立誓给我以你的美貌女儿为妻，以酬我的战功么？啊，你活该发抖了，脸色苍白了！我对着一切天神们立誓，我必要杀死了你，虚诈的王！但看在我们同宗的面上，如果你立刻交出了安德洛墨得给我，我便放了你。”

“高贵的菲纽斯，”国王说道，他真是不能隐匿了他的恐惧，“我破坏了婚约，这是真的，但此外我何能为呢？当这位异邦王子救了她时，我的女儿已是当作已死的人的了。他要求娶她为妻以作报酬，诚然的，这不算是夺了你的本已永远失去的东西以给予他吧？请平心静气些，好宗人。为了补偿你，我将允许给你以两倍于公主的嫁奁的纯金。但至于她自己呢，她已经结了婚，你知道，这已不可挽救了。”

“为何不可？这将要，这必须。”菲纽斯叫道，“你想想看，自从这个消息来了以后，我和我的兵士们从你的边界上日夜奔驰回来，为的是什么？不要再废话了，我说！你看，你们在这里的全都是身无披挂的你的百姓们如羊般的怯弱——我已置你于我的权力之下了。立刻去唤了那位女郎来，让我们和她和和平平的并骑而去，否则我便要使你的宴会厅流血如一家屠场一样的了。”

于是波修士从他的席上站了起来，他的利眼在他的紧皱的额下，如钢铁般有光；当下他叫道：“威吓放纵已经足够了，野蛮人！现在听我说，因为这是由我引起的争端，你所要斗的乃是我，宙斯之子，而并不是这位和善的老王。你且及时的觉悟着吧！走开去，不要再扰乱我们了，因为你如果再表示一点强暴，你和你的兵士们便将都是死人了。”他说了话，便拿出放在他身边的行囊。

“啊，你相信你的魔术，年轻的巫士，”菲纽斯冷笑的答道，“但这一次你将无所施其技了。”他喊着他的战号，拔刀在手，向波修士冲去，他的矛手随于其后。

但他高叫道：“全体朋友们，静静的闭上了你们的眼睛！”突然的他一手执了可怕的墨杜萨的头颅，直伸出去，如盾似的挡着他们的恶狠狠的脸……喧哗与兵器之声立刻死寂了下去……厅中一切都沉寂无声，呼吸可闻……然后波修士以平静的声音叫刻甫斯和他的客人们睁开眼来，他们看见前面所站立的不复是恶狠狠的战士，却已是石像的敌人了！菲纽斯的手臂正扬了起来要击过去，愤怒的脸正凝固着，永远不变……

在他左右的从人，每一个都执了一矛，作势欲投，头向前，眼专注……他们无生气的站在那里，那样神采奕奕，没有哪一个雕刻家能够雕得出。他们将永远的站在那里，直到"时间"的大手扫开了埃塞俄比亚的古国，荒芜了刻甫斯的城邑，而这些石像仍然存在。国王为这些人可怕的结局所震骇，不叫他们将这些石像移开了。却将这个宴会厅的门用墙堵塞了，自己另外去建了一个。

第二天，波修士和安德洛墨得拜别了刻甫斯和美丽高傲的王后，走到了海港，他们的船已在港口等候着了。这船为许多精壮的奴隶所驾驶，公主的一队侍女也都上了船。一大群的人民祝着祷着，送他们上船，眼看着他们扬帆而去。他们沿途顺风，几天之后便到了西里福斯，抛锚于此岛的寂寞的小海口。于是波修士跳上了岸，匆匆的向城而去。他所遇见的第一个人乃是善良的渔夫狄克堤斯，他自从由海中救了达那厄和她的婴孩上岸后，始终善待他们，为他们之友。少年快乐的招呼着他，说道："和我一同快乐着吧，最好的朋友，因为我已得到了我所寻求的东西，而且还有许多许多别的！你将会听到一切的，一但先让我们快到我母亲那里去，她看见我安全无恙的归来，将要如何的快乐呢？以后，我带了我的礼物到国王那里去——这件礼物在这里，在这个行囊中——但是，朋友，你为何半声儿不响，那么忧郁的望着我？唉，天呀！我的母亲……有了什么不幸的事吗？"

"是的，波修士，"狄克堤斯忧郁地说道，"很不幸，虽然不是最坏的——不，你要镇定些，她还活着呢！但我这个最坏的兄弟，最后却掷下了他的面具了。你离开了西里福斯不久，他便到了达那厄那里去，要她在两者之间选其一：嫁给他，或者在狱室中受饿。当他看见恐吓不动她时，这坏人便将她用铁链锁了起来，投入黑暗的狱室中。他以面包及水度她的生命，每天去看她一次，恐吓她说，如果不答应，将有更坏的侮辱在后呢！但没有东西能够动摇她的高贵的贞心。我久已疑惑他对于她有恶意，现在是很明白了，他差你到那样的危险的寻求上去，一定是希望你永不归来为她报仇的了。"

　　波修士听了这一切的话，如被焦雷所击的人一样，但当狄克堤斯说完了时，他以愤怒得颤抖的声音叫道："他要看见他派我去寻求的礼物的，他要看见它的来到，狄克堤斯，我们且到宫中去，一刻也不要耽搁！"他如一只鹿似的飞奔前去，一边跑，一边将行囊解开了。

　　"但愿天神们帮助那个孩子！"诧异着的渔夫说道，"实在的，这些噩耗竟使他丧心失志了。他以为柏里狄克特士会因为他带给他一个戈耳工的头颅，而释放了他的母亲么？唉，毋宁说他是要杀死了他呢！但我要跟了去，尽我的微小的力量去卫护他。"

　　狄克堤斯也尽力的向城中狂奔而去，他是那么好心好意，虽然波修士立刻便远越过他的前面而去。他在少年进宫去之后，在国王的宫门口站了一会儿。柏里狄克特士坐在厅中的上端，许多友人依次而坐，酒杯在手，他的面前有一张银的圆桌，他的双眼，闪着憎恶敌意，凝在达那厄儿子的身上。他站在他面前不远的地方，默默不言，右手伸出，执着行囊。国王以低微的不自然的声音对他说着话。狄克堤斯听不见那话，但他看见国王说完了话，他的友人们便忍不住的一个个带着侮辱的大笑不已。于是，当大厅中还响着他们的讥笑之声时，波修士却快步上前将打开了的行囊抛在桌上，叫道，"这是你所欲的礼物，柏里狄克特士！好好的望着它，国王，告诉我，这究竟是不是戈耳工的头颅？"

　　但柏里狄克特士却永远不能回答一句话了，因为当他的眼睛与盲了的向上翻的墨杜萨的眼睛一望时，他便凝固而为石了。至于他的快活的同伴们呢，有的惊喊着逃出了大厅。有的则恐怖得半死，跪在波修士的足下，恳求他的赦免。"愚人们！"他说道，"我为什么要害你们呢？宙斯的鸟肯与啾唧的麻雀们宣战么？"他疾掩了行囊转身走到门口，狄克堤斯在那里遇见他，颤抖而且迷惑着他所眼见的奇事，然而心里却高兴着那位专制魔王是不再有的了。

　　这两位朋友匆促的到了达那厄被囚的阴暗的狱室中去，但守卒们已经听见了那个消息，他们深惧着波修士，已匆促的将那位温柔的囚徒带出了狱室……据说，只有一次，眼泪从这位神似的英雄的眼中流出，而这次便是当他看见他母亲为铁链所锁，脸上死人似的苍白，为忧苦与乏食弄得只剩了一个影子，被他们抬了出来时……但所有的可怜的境遇，都如做了一场噩梦似的过去了，当达那厄觉得她儿子的健臂再度环于她的身上，且看见额前的胜利的光……

现在，西里福斯岛上的人全都到波修士那里去，要请他为此岛之王。因为大众见了以铁棒统治着他们的柏里狄克特士已死，心里全都十分快活。但波修士却答道："好朋友们，那是不能够的。因为我还要到别一个国中去，即著名的阿耳戈斯，那一个国家乃是我所应受的土地。我必须立刻别了此地；但在我扬帆告别之前，我很愿听见你们立誓公举，拥戴一个更有价值的国王——聪明正直的狄克堤斯。"

所有的百姓们都同声的答应道："我们愿立誓，伟大的英雄！因为你必须离开我们，狄克堤斯要成了我们的王。"于是波修士和他的母亲与新王告别了，也别了所有岛民中的他们的朋友们而上了宏丽的埃塞俄比亚船上。他们两位如此的离开了西里福斯，乘了一只和十八年前来时大为不同的船；他们带去了那只木箱，作为那个神异的旅行的纪念。

当他们驶行了一天一夜时，便可看见阿耳戈斯的海港了，但一阵狂风吹了起来，将船吹离了正路，远远的向北而去，直到船主不得不将船停留在底萨莱的一个海湾中。有几个农夫跑来看这只外国船，从他们的口中，波修士知道了这国的名称；离此不远，便是拉里萨的古城，他们的国王条太米士为了祭献他的亡父，那一天正举行一次竞技会，允许一切的来人参预此会。波修士为神灵所催促，竟决心要跑去看看，且参加竞赛。他独自一人到了坚墙的拉里萨。他在比拳、相扑、赛跑上，都占胜了底萨莱的少年之花。所以条太米士和所有他的人民都诧异的不知这位神似的客人是谁。但当投盘时，波修士竟那么有力的将盘投了出去，这盘竟远离了竞技场而落到观众之中去了。尖锐的铜边击中了坐在国王右手的一位老人，正中了他的太阳穴上。他跌倒在地，他的银发全沾了血，没有呻吟一声就绝了呼吸。波修士心中充满了悲伤，他问旁立者这老人是谁，他们答道："这人是我们国王的客人，阿耳戈斯的国王亚克里修士，他昨天才到这里来。"这使他更为恐怖着。

于是波修士自己通名于底萨莱的国王，将他母亲的故事全都告诉出来；开始于那么多年以前的得尔福的神示所说的话，而现在却竟于不意之中实现了。"运命的工作诚是神怪无比的，"条太米士说道，"任何凡人要想逃避了它所预示的运命是决不可能的。亚里克修士逃到我这里来，为的是一个奇怪的谣言传到了阿耳戈斯，说，达那厄的儿子还活在世上，他要回家来为他母亲复仇。他年纪已老，精力渐衰，他的唯一的希望，如他所想的，乃是弃了他的国，逃到这个希腊的僻壤中来以求安全。凡人的眼怎么会预先看出，他竟会在这个异域，遇到了神巫所久已示警于他的时间与人呢！"

于是波修士知道，狂风吹他到底萨莱海岸来，并不是偶然的事。他的似乎不幸的投盘却向着天神们所指定的地方而落下。但他却忧郁的离了拉里萨，又扬帆而去。因为，虽然这全是不自知的完全出于不幸的机缘，他却竟让自己沾染上了亲人的血在身上。为了这个原故，当他最后到达了阿耳戈斯时，他竟不欲接受他外祖父的国家。他和他的亲属米格潘西士交换了一个城与领土，米格潘西士乃是底林斯国王柏洛托士之子。

现在雅典娜她自己来洗清她所深爱的英雄的血罪。他在还给她赫耳墨斯和普路同的神物之外，还献给她以墨杜萨的蛇发的头颅，这个头颅自此以后便永饰在这位战士的女神的胸甲之前。此后，波修士听从了一个神巫的话，由底林斯出发，建筑了伟大的坚城密刻奈，在他国境的北部。他和平富裕的统治了许多年，他的温柔的母亲，死了葬了。在时间届满时，他和他的美貌的王后也都离开了世界。但宙斯却不让这两个人住在地狱之中，他将他们的灵魂飘泛于依里西亚草场之上，又将他们的身体，变作了那些光明的星宿，至今我们尚名之为波修士与安德洛墨得。在他们的左近，神之王也安置了卡西俄珀坐在王位上的形体。

三　墨兰浦斯

亚克里修士的兄弟与仇人，国王柏洛托士，生了三个美貌的女儿，这三个女郎，乃是前所未见的傲慢的人。阿耳戈斯的赫拉的古来有名的神庙，就在她们父亲的底林斯城的左近，所有国中的妇人们，都一年一度的到这庙中去，举行祭献的典礼。那时，赫拉的女祭师将抬出她的圣像，如一个新妇似的幕着脸，戴着冠，坐在一辆金色车中，车拖以白牛，驱过了城中；而妇人们与女郎们则成列的带着花圈火炬，随在车后，口中唱着结婚歌，以祭这位宙斯的王后。但三位傲慢的公主们则自以为不屑杂在一个卫送女神的队伍中行走，也不欲听见人们除了她们之外，还赞颂着任何神或人的美脸。在举行大祭之时，她们都留居宫中不出。有一天，当她们从一个窗中看着外面的送神队伍时，她们就对着经过窗下的圣像讥嘲着，使一切人民都听得见。神后赫拉很快的便报复了这一场的侮辱；就在那一夜，三位公主俱为疯狂所中，从城中冲跑出去，在山间狂走大叫着。国王柏洛托士和所有他的人追在她们后面好几天，都不能将她们领回；也没有人能够捉住她们，因为当任何人走近时，她们便如野鹿似的迅奔而去。于是国王智穷力竭，只好派遣使者四处宣告，如有人能医治他的女儿们的狂病，便将给他以厚酬。于是有一位先知从西方的米西尼亚到他们国中来，他的名字是墨兰浦斯。

这个墨兰浦斯乃是埃俄罗斯系的小孙；他是伊俄尔科斯城的国王埃宋的弟弟亚米赛安的儿子，他在米西尼亚已获得了国土与王位；他是他家族中第一个具有先知的权力的人。这乃是他怎样会得到这个权力的原因：有一天，他打猎倦了，便在树林中倒身入睡；当他熟睡时，一对蛇从它们的洞中爬出，以它们的柔软的舌头舔着他的眼皮和耳朵。墨兰浦斯被舔而醒，那两条蛇立刻游开去了；但它们走去之前，他却听见它们彼此互语道："现在我们已报了他去年救了我们的命的恩德了，那时他的仆人们在我们的巢中杀死了它，还要更杀死了我们。"当他还静静的躺着，觉得诧怪不已时，他又听见两只啄木鸟在他上面的树上互语着，完全听懂了它们所说的话。从那一天起，墨兰浦斯同时成了一个先知和一个大医士；因为被蛇舌的魔力所中，他的眼睛能够看见他人所不能见的幻影；他的耳朵能听到他人所不能听到的禽兽的一切对话，这些话比我们自己更近于大地母亲之心中，且更为知道她的秘密的花草河泉的医病的能力到什么地方去找某种石块，能够抗治某种疾病与毒药——这一切，墨兰浦斯俱以勤恳的听着林中动物们的谈话而获得。

他到了国王柏洛托士那里，便说，他可以治愈他的女儿们的狂病，只要他许他自己说出他要的报酬来。国王问他这个报酬是什么，先知便答道："你的国土的三分之一。"柏洛托士愤怒的拒绝了他，而且命他速去。但现在，一切底林斯的妇人都犯了同一的狂症，她们也逃出了城，在山中漫游着。国王为百姓们所迫，不得不去请了墨兰浦斯来，答应给他以他所要求的东西；因为百姓们知道了此事，群起暴动，要求国王柏洛托士不惜任何代价，以免除了赫拉被他的女儿们的罪过所激怒而带给他们的狂疫。墨兰浦斯又被追回了；但他现在却说，若柏洛托士给他以三分之二的国土，他便能医愈那些妇人；一份给他自己，一份给他的兄弟比亚士。当国王怕人的叛变，连这个也允诺了他时，墨兰浦斯便吩咐底林斯的所有男人都跟他到山上去，他使他们将妇人们追赶着，如一群鹿似的，向一条溪流赶去；那些发狂的妇人们一经过这条溪水，她们便立刻恢复过神智来。但三位公主中的最大的一位在渡过溪时滑了一跤，川流带了她去而溺死了她。至于她的两位妹妹呢，国王柏洛托士则给了先知和他的兄弟为妻，因为他想："虽然这些埃俄罗斯的子孙占据了我的一大半土地，但如果他们的儿子是我女儿所生的话，这个土地仍不会由狄尼士家中失去的。"

过后，墨兰浦斯和比亚士在阿耳戈斯快快活活的住了好几年；人们常常的说起，这两位兄弟的友爱之挚，正可与孪生的国王柏洛托士和亚克里修士的互相仇视遥遥相对，并世无二。阿耳戈斯人还说，弟弟比亚士如敬重父亲似的敬重他的哥哥墨兰浦斯，什么事都去请教他。墨兰浦斯不仅代他在阿耳戈斯得到了一个国王与王位，当他们俩还都是少年，同住在米西尼亚之时，墨兰浦斯还因他之故，而冒了一次最奇特的险。

这场冒险是这样的：亚米赛安的同母异父的兄弟，辟洛斯的国王涅琉斯，有一位可爱的女儿，名为辟绿的，比亚士要娶她为妻。这位女郎对他微笑，但当他向涅琉斯求婚，愿意给他以许多的牛羊为聘礼时，国王却说道："我只要菲拉考士的牛为我女儿的聘礼，不要别的。"

比亚士听了这话，忧闷的走开了；因为首领菲拉考士住在米西尼亚的边界上，不仅因他有一群红牛而著名，还因他有一只看守它们的奇狗而得名很大。这只奇狗如人似的机警，如狮似的壮猛，虽然西方的许多机警的窃贼常想试着去盗窃这些肥牛，却都一个个被它捉住了。使比亚士更为忧虑的是：菲特考士一捉到这种窃贼便置之于死地。在这个困难之时，他到了墨兰浦斯那里，求他为他想一个方法以获得这些牛，"因为我如果不能够娶得美丽的辟绿，"他说道，"我将终身没有快乐的日子了。"

"我要自己去取得那些牛来给你，弟弟"，先知说道，"但你必须等候一年，为了你的新娘起见，你应该极力的忍耐着。因为我今夜便要去偷窃它们，而为看守的狗所获，但它不会伤害我，当它的主人看见了那事，一定会将我下于狱中，却不杀我。他将把我囚于狱中一整年，拒绝取赎，但过了一年，他却要放了我，还要自动的将他的牛给我。"

这一切都如先知所预言的经过了，又是由于他深通鸟兽之言，他最后竟得到了胜利。因为当一年快要完毕时，有一夜，他不能入睡的躺在狱室中，听见蚀虫们在头上屋顶中互语着，"在我们蚀断了这根梁之前，还有多少时候呢？"一条虫说道，"不到一点钟，姊姊。"别一条答道，"然后这根梁将堕了下去，屋顶也将随之而下。"墨兰浦斯大叫一声，跳了起来。这叫声惊动了他的看守者，当他们跑进去时，他对他们说道："快点把我移出这所房子之外，朋友们，你们自己也要快些逃走；如果我们再在这里留一个小时，屋顶便要压在我们身上了。"他是那么恳切地祈请着，竟使看守者不能拒绝他，虽然他们在笑他。他们带了他，仍然缚着铁链，到了一块空地上，将他幽闭于此。他们刚刚这么做时，狱室的屋顶果然压塌到地上了！

当菲拉考士从狱卒那里听到了此事的经过时，他便看出墨兰浦斯乃是一位大先知者，立刻释放了他，并对他说，如果他能说出他的独子伊菲克勒斯为什么还不生儿子的原因来，他还要重重的酬谢他。

"如果我能说得出，"墨兰浦斯说道，"且还医愈了你儿子的不育症，你愿意将你的红牛给么？"

"那我愿意，"菲拉考士答道，"我虽很爱惜它们，但一个孙儿对于我却比这些牛的价值更高十倍。"

于是先知命将两头牛宰杀了，将它们的皮剥掉，抛散在田野的中间；当鸷鸟们飞来啄食尸身时，他对它们叫道："聪明的鸟儿们，如果你们能够告诉我我所要知道的事，我则欢迎你们赴我的宴席。"一只鸷鹰直接地答道："伊菲克勒斯将被治愈，且能得子，如果他在十天之内连喝你磨下刀锈的水，这把刀，你可在前面的橡树干上寻到。因为，有一天，当他还是一个小孩子时，伊菲克勒斯在那株树下遇见了他的父亲，那柄刀那时正血淋淋的执在他父亲手中，为的是他刚用此刀杀了羊。孩子见了这刀便惊吓着，哭着逃开去了。菲拉考士将刀刺入橡树，跑去安慰他。他忘记了这柄刀的事，所以这刀这许多年便留在那里，而树皮也长没了它。但那株树是有一个德律阿德住着的，她怒着菲拉考士污了它，便迷咒了他的儿子。除了我教给的这个解脱咒之外，别的都不能破她此咒。"

墨兰浦斯谢了聪明的鹰，留下它和它的同伴们恣意的啄吃牛尸。他依据了鹰的指示，果然医好了菲拉考士的儿子。于是就如他所预言的，得到了有名的牛群，而给了他的弟弟。当国王涅琉斯接受了他所约定的聘礼时，比亚士便和可爱的辟绿结了婚，举行婚礼，大众都异常的快乐。

第三部　战神阿瑞斯系的英雄传说

一　亚斯克里辟士

从前在底萨莱，有一位国王，名为菲里琪士的，统治着拉庇泰的诸族，住在波倍斯大湖边的拉克里亚城中。菲里琪士的心是骄傲的，手是满沾了血的，他自夸为战神阿瑞斯的儿子；在众神之中，仅只祭奉着他。所以他没有什么好结局，为的是触怒了宙斯。他生了一个女儿，极为美丽。名为柯绿尼丝，阿波罗爱上了她，但她却不忠于阿波罗。他听得了这个消息，愤怒之下，便用箭将她射死了。射死之后，他却后悔不已，她身体中还怀着孕。当她躺在火葬堆上，火焰已燃着了，红舌吞吐不已时，阿波罗却说道："我的心肠不是钢制的，不能眼看着我自己的儿子和他的母亲一同死去。"他到了火葬堆上，在凡人的眼不能见到之下，从熊熊的火焰之中，由母体中救出了一个活的婴孩来。他将这婴孩交给了住在珀利翁山洞中的卡戎抚养，他对这位聪明的半人半马者说道："收下了我的这个孩子，他母亲的葬火使他不及期的产出，请你为我抚养着，教给他你的一切医道，他将来也会成为一个人间的伟大的医者；你可名他为亚斯克里辟士。"卡戎接了这新生的婴孩，给他母亲菲丽拉和他的妻卡丽克洛乳养；她们是温顺亲切的看护者，这孩子在她们养育之下，长成得很快。在所有卡戎所照顾的英雄中，他所最爱的是亚斯克里辟士，这孩子是无比的驯良，如此的专心向学，笃于医道。他对于角力竞猎诸事，一点也不感兴趣，不如别的孩子们对之兴高采烈。他所最爱的乃是搜集知识，且在受伤生病的禽兽身上，试试他的神技。最后，卡戎对他说道："我最爱的学生，你已经尽学了我所能教给你的东西了，在技术上，你已比你的先生还高明。现在，你必须依照你父亲阿波罗的吩咐，到人间去救治伤病者。"他亲切的送这位少年人下山而去。

亚斯克里辟士在希腊全境中，一城一城的游历着，医愈了一切的病症。他的医道是最为神奇的，无论什么病，一经他诊治，便无不霍然而愈。他每到一个地方，百姓们便赞颂他，重酬他。亚斯克里辟士仔仔细细地为他们医治着。过了不久，他便定居于一座海滨的可爱的厄庇道洛斯镇上。许许多多人到他那里去求医，他的名誉传于希腊全境。有好几年，他快乐而光荣的生活着。但他却有了一个罪恶，这罪恶即使是最聪明的人也免不了要犯上的——那便是贪多务得。有一个时候，有人抬了无数的黄金送给他，要这位神医复活了一个被杀的人。有的人说，这个被杀的人乃是伟大的克里特王弥诺斯的儿子安德洛革俄斯；别的人则说，这个人乃是提修士的儿子，美貌的希波里托士，是为他自己的惊逸的马所拖致死。无论如何，亚斯克里辟士却收下了闪闪耀人的黄金，以他的神技，治愈死人的伤痕，在一瞬间从地狱的囚室中唤回了他的灵魂。但过了一刻，一阵雷火却将治人者与被治者都击死了；因为宙斯忍耐不住见一个凡人欲违抗"运命"的判决而行事。

阿波罗见他的儿子死了，便大怒不已，为了要复仇，他到了伊特那，射死了制造雷火的独眼巨人们。宙斯为了责罚他的这个擅杀，命令将他逐出天国一年，在这一年中，他要为一个凡人服役。因此，阿波罗便到了人间，和斐莱地方的国王阿德墨托斯同住，做了他的牧人；国王待他很好。至于他如何报答国王的恩义，将在本书中叙述赫克里斯的历险时见到。但阿波罗满了一年的刑期时，他的父亲宙斯乃与他和好，允许他要求一个愿望，以为重新的爱感的表记。于是阿波罗便为他的爱子求得了一个神奇的恩典，即亚斯克里辟士的肉体和灵魂都升到了天上，进入神宫之中，饮了仙液，得以与不朽的诸神同列。宙斯立刻答应了他的要求，因为他也不是不曾想到亚斯克里辟士所给予受苦的世人的福利的。所有俄林波斯山上的天神们都欢迎这位新神的进入。

亚斯克里辟士在世时，曾生了两个儿子，一个是甫达里洛士，一个是马卡翁；他的医术也曾传授于他们兄弟。这两位英雄在后来也大得名，他们乃是希腊围攻特洛亚城时的名医。他们的后人，住在柯斯岛上，世世以医为业。在亚斯克里辟士成了神之后，他又生了一个女儿名为海琪亚，一个男孩子，名为特里斯福洛士——那就是"痊病者"。这两个孩子和他们父亲同在后人所建的厄庇道洛斯的庙中受崇拜。千年过去了，病者，盲者，跛者，无不来求这个神医的医治；他们祷求祭献了以后，便睡在庙中的廊前一夜；亚斯克里辟士对于虔心祷求的人，往往在梦中指示他们应该如何医治之法。

二　忘恩的伊克西翁

国王菲里琪士后来为人杀死，他的儿子伊克西翁继之而为拉庇泰人的王。这位幼王并不比他的父亲好多少；他比较机警，所以每矫饰多端，以文其过，而菲里琪士则一往直前，公开无忌的犯罪。伊克西翁即位不久，便要找一个妻。他向福克斯的国王狄奥尼士求娶他的女儿为后。这位公主，名为狄娃，异常的美貌，有不少的求婚者，所以她父亲要有很多的聘金方才肯嫁了她。伊克西翁满口答应的愿意偿付此款；狄奥尼士便将女儿嫁给了他；狄娃也很愿意，因为她的新郎外表很清俊，不像他内心那么险恶。但当结婚以后，伊克西翁带了妻回家，却不肯如约将聘金送给她父亲；而当狄奥尼士遣了使臣们来索要此款时，他反讥骂他们，让他们空手回去。于是福克斯王亲自到了拉克里亚，因为他想："我的女婿至少会尊敬我的。"诚然的，伊克西翁异常恭顺的接待了他，一见面便求他原谅他将使臣们打发回去之罪；他说道："这些人，既不将你的签字给我看，又不示我以从你那里来的符记；因此我不敢将五百块的黄金委托了他们带回去。"狄奥尼士热切的问道："你的意思是要将黄金来偿付聘款么?"伊克西翁答道："正是。国王;这便是我所以迟延的原因,因为我不能立刻便聚集那么多的黄金。但现在全数已齐了,放在我的宝库;我们今天先宴饮一顿,明天同去看这些金子。"狄奥尼士听了这一席话,心中快乐异常,他喜爱黄金比之一切别的财货更甚,所以,那一夜,他们便一同宴乐,欢畅异常。但当大众都沉沉入睡之时,伊克西翁却在他苑中一座塔门之前掘下了一个陷阱,以炽炭满塞其中,其上覆以柳条,柳条上则洒以泥土。第二天,他领了狄奥尼士到这个地方,指着塔门,要他进去,因为黄金放在门内。这不幸的国王一足正踏在表面看来与平地无异的陷阱上,浮土崩落了下来,他大叫了一声,随之而落入陷阱;炽焰熊熊的火炭很快的便取去了他的性命。

据说,伊克西翁乃是第一个用欺诈来暗杀他的亲戚的人。如果他以为他自己那么有权力,能够逃免了那么残酷的一个罪恶时,他不久便要自审其误了。全部拉庇泰人都起来反抗这位谋杀者。妻,友,从人都恐惧的逃避了他;即使最下等的奴隶,也不敢和这么狠毒的人呼吸同一的空气。因此,他乃不得不出逃到国外,并不是为了逃避被杀——祭师和先知曾预言过,什么人敢于动手杀他,便要为他血罪的死毒所传染——却是因为每一个男人,女人,孩子都远避了他,如恐传染一样。伊克西翁从这城到那城的旅游了许久,要寻一位国王为他洗清他的血罪,这是当时国王们的习惯。但他却发现,当他说出他是谁时,却没有一个人肯让他进入门内。无论他到什么地方去,似乎他的犯罪的消息都已经先他而至。每个地方的人,见了他的憔悴的脸时,无不疑心的问道:"你的名字不是伊克西翁么?"如果他承认了,他们便轰的一声将大门关上,如果他否认着,他们便以饮食与之。

有一天,这位罪人饥饿不堪,心中懊丧的走到一座山上,这山高处有一所宙斯神坛。他成为一个乞求者,坐在神坛之前,以他的有过恶的手,抱了神坛。他叫道:"乞求者的神呀,请你接收我,洗清了我的血罪,因为没有别的人愿意这么办!但如果你也不愿意,则我将留住在这里,直到我饿死在你的神坛前。我想，与其这样不生不死，断了一切同属的活着，还不如死了好。在人间，是没有一个人能怜恤那么大的一个罪人的。唉，神与人的父呀，你也和他们一样么？"

宙斯为怜恤的心所动，神奇的应答了他的悲哭。他自己到了这座山中来，抱了这位半饿死的流人在他的怀中，领他到了天上的金庭。这位乞求者，不能得之于人间国王那里的，这时却在天上为神之王所洗罪了。他和俄林波斯的诸神同桌饮食，宙斯对他说道："你要记住，伊克西翁，只要一个人肯忏悔，天神没有不肯原谅他的。人间亦当是如此，不过他们的方法不是我们的，他们的思想也不是我们的思想而已。"但伊克西翁却不是真忏悔着呢，就在这时，他已在默念着一个新的罪过了。在宙斯的右手，坐着他的神后。当伊克西翁望着她的美姿时，最可怕的欲望便占据了他的心中。这位狂人，从流亡饥饿之余，被抬举做了天神们的客人，与他们同享不朽之福，心中却反憾然若有所不足，除非他能窃据了宙斯的婚床。他为这种无法无天的希望所迷乱，以为神后赫拉格外的喜爱他，且在她媚然的微笑中，看出更多的恩惠来。他焦急的等候着一个机会，要和她独谈。当这个机会到了时，他便勇敢的说出他的意思，这位女神一听，便既愤且羞的逃到了她的深闺。她立刻便向宙斯控诉他带上了天来的凡人所加于他的侮辱。她叫道："你不断的诱引着人间的妇女，失信于我，这不已足够了么？为什么我还要从一个凡妇的儿子那里，受到更坏的一场侮辱呢？为了你自己是一个不忠实的丈夫，所以也要我成了一个不忠实的妻子么？我很相信，你是庇护着你的匪徒的，否则你的雷火早已击倒他了。"宙斯答道："我的太太，总保你有个心满意足之时，你的仇更要报复得甚些呢。这人所加于我的侮辱比你更甚，因为我是他的主人，还称他为友；所以将因他的不知感恩而悬示于世界。但我要先试出他的穷形尽相的丑态，则他之犯过，不仅见之于意念，也见之于行为中。"

那一夜，伊克西翁正梦着赫拉时，忽然的醒了过来，看见赫拉——他以为是真的——站在他床边；她微笑低语着说，她之所以拒绝他，为的是惧怕宙斯，现在他是熟睡着了。伊克西翁满足的抱了她在怀间，有一会儿，浴在无比的愉快之中；然后他觉得形似赫拉的那个形体在他的怀抱中消失了，她冷笑了一声，消失于空气中。她不是别的，乃是宙斯差来诱试他的云，这云幻变了赫拉的形状。突然的四面都是笑声，天神们的轻蔑的脸，在朦胧的晨光中显得很白，都在望着他所睡的地方。伊克西翁在他们的致伤的凶视之下扭挣着，双手掩了眼，但在来得及掩蔽之前，他却遇到了宙斯的眼光。那一道锐光，表示出不可言说的憎恶，直贯入犯罪者的灵魂；这时，他才知道，他所做的是何等事，且他又失去了一切。失望如洪流似的卷过了他，当他神智恢复时，他已经不再置身于天上了。在达达洛斯的幽暗的空中，挂着一具巨大的四辐轮。为狂风所吹而转动不息。一个人四肢伸长的被缚在轮上，有如女郎们行施爱咒时所用的魔鸟。当大轮转动时，他的悲哀的声音便从风中传出："啊，世人呀，你们要以善意而不要以恶行来偿报你们的恩人呀！否则你们也要同样的来到这个痛楚的所在了。记住伊克西翁，啊，你们住在世上的人！快逃避了罪恶中的罪恶——忘恩负义。"这乃是宙斯所给予那个忘恩的国王的运命。

三　马耳珀萨的结婚

当菲里琪士还在底萨莱为王时，他的三位勇猛的同宗散到外边去求幸福，他们到了西方的埃托利亚，每个人都以刀剑夺得了一个王位。其中的二人，欧厄诺斯和时斯蒂士，乃是战神阿瑞斯和底萨莱的一位公主生的，第三个人，俄纽斯乃是他们母亲的兄弟之子。他们这三个人，皆以他们儿女们的奇遇而驰名于希腊。先是国王欧厄诺斯和他的女儿马耳珀萨。

这位欧厄诺斯真是言不愧实的战神的儿子；他勇猛无畏，一往无前，喜爱暴力，易于愤怒，爱争战过于爱宴会。他的独生子乃是一个女儿，这使他很悲苦；但他的女儿马耳珀萨长得异常的秀美高贵，他的凶猛之心一见了她也就温热和平了。他立意不使她离开他，在他老年时把她当作一个儿子；所以如一个少年勇士似的训练着这位女郎，禁阻她去想到爱情或结婚，因为这些东西不是为她而设的。但马耳珀萨的美貌，乃是一个不能遮掩的光明，竟引来了那么多的王子到她父亲宫中来求婚，他不敢公然的全体拒绝了他们，生怕结果他们要联合起来推翻他，所以他设想了一个计策，将他们全都毁灭了。这个计策诚是一个巧计：他宣言，他要将他的女儿给那位能够和他赛车而得胜的求婚者；但因为奖品太好了，所以比赛失败的人须死在国王的矛下。欧厄诺斯有两匹马，一匹是棕色的，一匹是栗色的，都是他父亲战神从他自己的马厩中选出给他的，他知道凡间的马匹是决不能与他们比疾的。不久之后，便一连的死了二个王子，全都是有技能的御车者，且带着著名的马匹而来；他们都为了要求得马耳珀萨为妻而失了性命。这些人，在他们比赛失败的当儿，欧厄诺斯便以一支发无不中的矛从他车上抛过去而杀死了他们；他斩下了每个人的头颅，成列的悬挂在战神的庙前，以为后来的警戒。每一次举行车赛时，马耳珀萨都装饰成新娘的样子坐在比赛的终点，等候着有福的新郎。她看见那些勇猛的求婚者一个个流血而死，俱漠然无动于中；因为她从小便见惯了血，心肠冷硬，既不知爱情，也不知怜恤。但当二十四位王子陆续的死去之后，却又有了一个求婚者来到他父亲的宫中，一个从远远的南方米西尼亚来的少年。当马耳珀萨看见了这位御车者进入了赛道时，不知名的情感竟没溢了她；她什么都感觉得朦朦胧胧的，只是觉得不忍看见他也如别的比赛者们同样的死亡。号声一响，两部车子便风驰电掣的沿了长长的沙路飞奔着；少年的马匹，毛色是雪白的，神骏异常，别具威风，它们和战神的马匹各不相让的竞争。如雷似的沿了外边的一条车路奔着。少年的马匹那时是占了上风；但她的心冷凝了，因为她父亲惯用的方法是这样：控着他的马匹直到了最后的时候；他说，正当他们幻想自己得胜了之时而突然的战胜他们，诚是一件难能可贵的游戏。白色的马现在更近于她了……口沫四溅着……一阵云似的尘土掩蔽了国王的车子……现在，国王就要突冲而前，以战胜着了……他的矛尖闪闪有光……马耳珀萨紧闭了双眼，不忍看见底下发生的事了。突然的，如在一个梦中，她觉得她自己为人所举，暴急的抱了前去……她睁开了眼……与那位不认识的少年的眼相遇了，他一手紧抱了她在胸前，一手御车疾驰而去。"这是永远不会有的事，"她想道，"我在做梦呢！"一个如狮吼的喊声起于他们之后；她回头一望，看见欧厄诺斯愤怒的驱车追来，执着他的矛。"唉，王子，"她叫道，"我们是失败了；你以什么机缘竟胜过了我的父亲，我不知道。但现在他一定要追上杀了你了，那些马匹乃是战神的马种，比任何世上的马还跑得快些。"少年笑道："但似乎并不会比普赛顿的马匹更快。不，不要怕，最亲爱的女郎，欧厄诺斯永远不会追过我们一矛之隔的。这便是他所信守着的契约么？幸得我逃出了他的奸计之外。"他说着，拉了马缰一下，那些白马昂着头，快乐的奔向前去；现在它们似乎是在飞，不是在奔驰；它们的疾蹄似乎很少踏在尘土之上；当马耳珀萨再回头一望时，她父亲的车子已在远远的平原之上如一个黑点了。他们这样的到了欧厄诺斯国境之边的李柯马斯河；河水正在泛溢，奔流而下，势不可御，因为秋雨已经开始了。但那对于普赛顿的马匹有何关系呢？他们飞奔而过洪流之上，连马蹄也不沾湿！当欧厄诺斯追到了边界时，被追的车子已经失去了踪影；现在，他的马匹疲乏不堪，站在河岸上不动，虽然他怒骂着，猛鞭着，都不能强迫它们向前。"死吧，那么，"他最后叫道，"为了你们这两次竟卖了我！"他将矛刺进了两匹马颈。然后，他愤怒得发狂了，自己投身于洪流之中；黄色汹涌的水便冲扫了他，永远的蔽掩在他的头上。溺死他的河流，自此不再被人称为李柯马斯，却由当地的人改名为欧厄诺斯河；后来他们还在河边建了一墓，葬了那两匹名马。

但马耳珀萨和少年仍向南行，直到了黄昏；然后。他将至今未倦的马匹停于水滢滢的溪边的绿草地上；这个地方异常的幽静，却有一个小庙，就在附近，供过客们憩息。少年迅疾的解下了马匹，放它们到草地上去。"让我们今夜就憩在此地吧，我的美人。"他说道："我带了食物来，我们吃了夜饭之后。可到前面的庙中过宿。"他们遂坐下来吃东西；但马耳珀萨仍然觉得不安，因为自从她听见这两匹神马乃是普赛顿的之后，她的心中突然觉得，他们的御者当是一个乔装的神，而不是一个人。他问她什么事那么颓唐丧气；她说道："这因为，我还不知道你的姓名；我也怕听见它。我的心一见了你时，便已飞驰出去了；如果你是现在的这样的人时，我可以成为一个快乐的妻。但妇人如和一位不朽的神结合时，她会有什么结果呢?"于是少年快乐的笑哈哈的握了她的手，说道："不，我的心，我并不是什么天神，却是和你一模一样的泥土；我的名字是伊达斯，米西尼亚国王亚弗莱士乃是我的父亲，他见我因普赛顿的帮助而赢得的可爱的新妇，一定会很快乐的欢迎她的。我们现在已在他的国境的边界了，马耳珀萨。明天便是我们的结婚之日。"马耳珀萨说道："那很使我高兴，虽然我直到了今日，还没有想到要结婚。因为我的父亲，你也许已知道，将我抚养长大，全和别的女郎们不同；在此时之前，我除了战争和打猎之外，一点别的事也不注意。但请你告诉我，伊达斯，你怎样会得到普赛顿的马匹？当你告诉我这些马匹乃是普赛顿时，我便想道：'这个人诚然是一个天神，也许竟是普赛顿他自己呢。'"

于是伊达斯就告诉她，如何的普赛顿从古代起对于他家便特别的看顾了；如何的欧厄诺斯举行车赛的消息传到了米西尼亚，他渴想一试冒险的比赛，自思欲得这位天神的帮助；如何当他在海滨祈祷着时，普赛顿从波涛中出来，站在他面前，手中执着两匹马的勒缰，两匹骏马随在其后；他说道："你用了这两匹马准可赛胜了欧厄诺斯，虽然他的马匹乃是战神的马种。但要注意他的诡计；当你一到了目的地，立刻便要将奖品取得了，逃命而去。"伊达斯说完了这故事，他又说着爱情的话，两人称心称意的交谈着，便在庙内躺下熟睡。

东方刚刚发现鱼肚白时，伊达斯为一个惊喊的声音所惊；他跳了起来，看见一个长看金发的少年，正要劫抱了马耳珀萨出门外。伊达斯拔出刀去救她；他在庙门外几步路的地方，追上了他们，他恶狠狠的吩咐这劫人者放下他的女人，否则死。但劫人者冷笑了一声，回过脸来——看呀，他的脸乃是一个天神的俊美的脸；朝阳的初升也比不上这金脸更光明；他身上穿看那么美丽的衣服，凡间是从未见过的。他站在那里，臂间抱着全身颤抖着的女郎，轻蔑的对着他的诧异的敌人微笑。伊达斯见了他肩上负的闪闪发光的弓与箭袋，立刻认识了他是谁；但一点也不怕，他叫道：

"放下那位女郎，阿波罗，因为她是我的正式的妻。立刻放下她，我说，否则，你将后悔了，虽然你是一个神。我已得胜了，我将保护着她。嘎，对于像你这样的夜劫者，有二十个我也要抵抗着。"阿波罗愤怒地说道："不要误会了我，伊达斯。马耳珀萨是我合法的获得物，因为她是我在我的庙中发现的。走开吧，你这傻少年，你要想想，我并不欲在得了你的新妇之外，再取去你的生命，以报这场侮辱。"

"神圣的宙斯鉴之，你或者将两件同时取去了，否则你一件也取不去！"伊达斯喊着，执着刀向他冲去。如思想一样的快，这位天神将马耳珀萨放在他身后，挽了弓，放上一支箭在弦上。伊达斯看见死亡在等候着，但他也看见了他的爱情，便不顾一切的冲过去。正在这时，雷声轰的一响，电光掣盲人目，一个雷火正打在他和阿波罗之间的地上。伊达斯有一会儿眩惑而蠢蠢的站着，然后他注意到有一个人站在他身边；一个戴冠的高贵的身材，他的足下，匍匐着一只鸷鹰。伊达斯为之大惊，因为他晓得，这不是别人，乃是宙斯他自己。

于是神之王宙斯对阿波罗说道："在这样的一个案件之中，乃以你的神力和一个凡人的腕力相敌，是对的么？你使俄林波斯山的神人在凡人之前成为暴力和不正直的代名词，乃是一件小事么？那我不能忍受，所以且让这位女郎自己选择她到底要谁，你或伊达斯；如果你的求婚得了她的同意，她便是你的了，但如果不然的话，我却要你使他们俩平安的走去，对于他们二人都不要怀恨。"

宙斯这样的说着，点着头，他的黑色的神发，在他的威严的头上波动着，而地土也为之撼动。然后他自回天上去了，伊达斯和马耳珀萨不再看见他。

现在，阿波罗放下了他的弓，以比他自己的金琴的乐声还要谐耳合律的语声，向马耳珀萨求婚，要她和他同住，做他的情人。他诉说，嫁了一个神之后，她将多么的快乐；她将如何的不知劳作或痛苦，永不会因丈夫或儿子之丧亡而哭泣，终身安舒快活的过日子；她将住着比任何人间的王后都要宏丽、美好的房屋，穿着戴着连赫拉自己见了也要妒忌的衣服珠宝。他说出他的热情的爱，立誓永不背叛她。于是，当然的，那女郎红了脸，叹息着，那祈求的声音那么温柔，那针对着她的眼光的视线那么甜蜜。但当阿波罗停止了话，她却毫不踌躇地答道："所有这一切都不能诱惑了我，当我想到以后的光阴时。你现在看我美貌可取的年华，便爱上我，但你，永远年轻的，却会当我的年华已逝，气血已衰，白发杂生的时候也仍爱着我么？那时，我不是独自孤寂的住着么？或者，更坏的，看见时间所不能萎老的你从它所给予我的不可爱的变化中逃避了去？不，我是一个凡间的妇人，我还是找一位和我一同老去的男人吧。他的朦胧的老眼将看不见我额前的皱纹，他的跛足将和我的足一同走下人生旅途的斜坡。如果我们俩一同担受忧愁痛苦，那有什么关系呢？至于说到快乐，在丈夫与儿子的爱情之外，你所允许的快乐更于何有呢？啊，但愿运命允许我过一个妇人的真实的美好生活！现在，娶了我，伊达斯，我将我自己给了你。"

当马耳珀萨伸出双手给她的人间的爱人时，阿波罗转身匆匆的走开去，一个朦胧的余憾的阴影笼罩在他的不朽的前额。

四　墨勒阿格洛斯的行猎

我们现在要讲到战神的另一个儿子的事，这人乃是欧厄诺斯的兄弟时斯蒂士，他也在埃托利亚地方，以铁腕占得了一个王位。时斯蒂士打仗时的勇敢，不下于他的哥哥，但他的性格却没有欧厄诺斯那么野蛮；有一件事，他比他哥哥更为幸福：他生了四个雄健的男孩子，两个女孩子；这两个女孩子，全都嫁给了王家，大女儿阿尔泰亚嫁了他的表弟俄纽斯，卡吕冬的国王；小女儿名为勒达，是一个人间的美女，嫁给了很远的斯巴达王丁达洛士，因他的勇敢善战而在许多的求婚者中选着了他。勒达的故事，已有另篇叙述，这里，只说阿尔泰亚和她儿子的事。

没有一个姊妹像美丽的阿尔泰亚那么挚爱着她的兄弟们，从小起她便和他们一同游戏，却并不喜悦那使温柔的勒达喜悦的恬静的消遣；她长成到待嫁的女郎的年龄，还和他们在一处，勒马投矛，不下于他们。所以当她嫁到卡吕冬去时，阿尔泰亚起初很悲戚，为的是远离了她的兄弟。国王俄纽斯却是一位和善可爱的丈夫，一年以后，她生了一个儿子，便有了新的快乐的曙光了。在生产的那一夜，阿尔泰亚正躺在她的房里，半睡半梦的，新生的婴孩则静睡于她身边，她突然的警觉到有三个不认识的妇人，正环坐在火炉之前，她们的脸色映在火光之中显得格外苍白，却很镇定冷酷，有如一个石雕的史芬克丝的脸。三个妇人彼此相貌极像，显然是三个姊妹。每个人都手执一具黄金的纺纱竿，其中的一个用只黄金的纺具从她的纺纱竿上纺着羊毛。阿尔泰亚沉默的惊诧的望着他们，因为她忽然想到，这三位妇人必定是那三位"运命"女神，有权力主宰着生与死的时间。但她忽听其中的一个说道："你为新生婴孩纺的生命线长不长，克罗托？"纺者答道："不，阿特洛波斯，这线是很短的，你可以看得出；看，我已纺毕了，他在世上的日子不过二十有四年。"听见了这一席话，母亲口中惊喊了一声；她抱了新生的婴孩在胸前，悲切地恳求着。"可怕的女神呀，"她说道，"请你们可怜这个小小的人儿！取了我的生命来代替他的。我要祝福你们。我会承受任何痛苦，我此刻就可以死去，只要他不在他青春正盛之时死去。"她还要说下去，但啜泣使她哽咽得说不出话来。克罗托徐徐地答道："你不知道，阿尔泰亚，你所求的是什么，也不知道向谁而求。你所看见的我们，只是无感情的'必要'之主管者，'必要'乃是一切东西中的最强者，且是从世界的基础上来的。然而因为我们不曾不为母爱的神力所感动，这个愿望，我们必须给了你，即将你儿子的生命交给你自己去保管。"尊严的"运命"说完了话，便在火炉中取起了一支熊熊燃烧的木柴，将柴上的火焰踏灭了；她将这支木柴交给了阿尔泰亚，说道："当这根木柴不被烧却之时，你的儿子便活在世上，康健多福；但当火焰将它消灭了去时，那么，他的生命也将死去了。我们吩咐你，名他为墨勒阿格洛斯，因为将有一天，你会说先知的'运命'所定的名字是不错的。"当她听毕了这些话时，阿尔泰亚不自禁的沉沉入睡了，直到了第二天早晨才醒；她醒来后的第一个念头，便是她不过梦见了那些灰色的纺织者，但在她的被上却放着那支灼黑的木柴。她将这支木柴放在她的枕下，不和任何人说及此事，但以后便将它放在一个铁箱中，这箱中原来是放着她的最心爱的珍宝的，将这箱锁得很坚固。当婴孩应该命名之时，国王俄纽斯便问她要给他什么名字，她说道，"可名他为墨勒阿格洛斯。"国王道："那是一个不好的名字，因为此字之意是'杜罗洛士围猎的人'。将我们的孩子名了此名，是暗示着在行猎时有不幸的事——死亡——要发生的，据我所知。"阿尔泰亚快活的笑道："不用怕。"然后她告诉她丈夫，"运命"女神曾在她的梦中出现，吩咐以此命名这个婴孩，且给她以祝辞，祝他能活到老年。但她却要独守着她的秘密，唯恐人知，所以并没有告诉他以魔柴之事。这孩子遂名为墨勒阿格洛斯。过了几年，他便长成为一个美丽勇健的少年，没有一件事曾使他伤心过，什么事都可见出他的好运，特别是在打猎之时。当墨勒阿格洛斯二十三岁时，他父母觉得，这恰是他应该结婚的年龄了，他们为他选中的新妇乃是他的年轻的表姊妹克丽亚巴特拉，伊达斯和马耳珀萨的女儿。婚礼在收获的时候举行，那一年恰好是异常的丰收，国王俄纽斯将第一次收获的大宴举行得非比寻常的宏丽，在一切天神们的祭坛上都献上祭礼，只遗下了一个。不知为何，他竟忘记了将第一次的收获的一份献给阿耳忒弥斯，野物的女主。这位女神因此怀恨在心，要想乘机报复。到了第二年的春天，她愤怒的招致恐怖于卡吕冬的全境；因为她将一只前所未见的最凶猛的野猪从山上直赶下来，践踏了山谷中的谷苗，连根掘翻了葡萄园与橄榄园，直到使一切都荒芜不堪，猎网陷阱，到处张着，掘着，都一无所用，所有的农民都惧怕这个怪物，因为在它愤怒时，如有不幸的人在田野中与它相遇，便总是逃脱不了的。然而它却很少在白天出现；它的破坏的工作，全是在晚上办的，在太阳东升之前，它便退到山穴中去。

现在，墨勒阿格洛斯决意要为本国扫除这个大害。他得了他父亲的允许之后，便宣布要举行大猎，差遣使者四处邀请英雄们前来。许多的英雄们和国王的儿子们都会集于俄纽斯的宫中，都勇跃的要一试好身手。有一个住在卡吕冬的先知也来了，他对墨勒阿格洛斯警告着，劝他不要猎捉这只野猪，因为它乃是阿耳忒弥斯的复仇使者；于是他泄露出国王俄纽斯如何的触怒了这位女神。当国王听见了这一席话时，他心里很忧闷，他的同伴老人们中的一人说道："那么，最好还是去祭献阿耳忒弥斯，恳求她取去了她的疫物，不要让我们的太子从事于这次的大猎，生怕有害于他。"但王后阿尔泰亚知道她儿子具有一个魔幻的生命，便轻蔑的讥笑他们；墨勒阿格洛斯也不注意这个警告，因为他在这个世上，除了不名誉之外，不怕别物。他想，既已招集了那么多的人来，忽而又取消了这次大猎，实在是可羞的事。因为当时生存的英雄之花都已聚合在俄纽斯大厅中了：伊达斯从米西尼亚来，还领了他兄弟林叩斯同来，在凡人之间，他的眼光最为锐利；从斯巴达，来了勒达的一对双生子，和他们母亲一样的美貌，二人的相像，竟使没人能认别得出；从埃癸娜的远岛上，来了好王爱考士的儿子们，大盾的太莱蒙和命中注定可得一个不朽的女神为妻的珀琉斯；从阿耳戈斯来了安菲阿剌俄斯，最勇敢的武士，最好的先知；还有菲莱的阿德墨托斯，伊克西翁的儿子辟里助士，以及许多别的底萨莱地方的王子；从埃托利亚则来了战神之子狄里亚士，及阿尔泰亚的两位兄弟；最后来了巨伟无伦的安开俄斯，他是从亚卡地的山谷中来的；和他同来的还有一个人，这个人初见他是一位高大美貌的少年，穿着猎衣，挂着弓箭，手牵两只猎狗，但走近了一看，这位来者的温柔而圆润的身体，以及长长的发辫，却表示出她是一个女人。她回答国王俄纽斯的有礼的问语，自说是阿塔兰忒，亚卡地人依苏士的女儿。于是英雄们的眼光，全都倾注到这位女郎的身上；他们早已听见过她是一位著名的女猎者及她的迅疾无比的足步；他们中的许多人都当她为一位值得同行的伙伴而欢迎她。但阿尔泰亚的兄弟，托克苏士及柏里克西卜士，却是性情暴躁，恃力好强的人，他们见到阿塔兰忒也加入这次大猎，便高声反对，以为让一位弱女参与这次大猎，是有损于武士的尊严的。他们还冒冒失失的要阿塔兰忒回家去纺织，为的是纺纱竿乃是唯一的适合于妇人之手的武器；如她那么样和男人们相竞乃是不贞的行为。墨勒阿格洛斯心中不平，也高声地说道："请你们不要多说了，舅舅，否则，我们和人你们断绝亲戚的关系了，你们怎么敢将不贞一辞加之于这位处女时代的纯结的花朵上面去呢？谁不知道，这位依苏士的处女，为了爱惜贞洁而曾拒绝过不少的求婚者呢？但实际的原因乃是，你是妒忌着她的名满希腊的勇于行猎的声誉。现在，对着阿瑞斯，我们种族的祖先，我立誓，阿塔兰忒将和我同行打猎，否则我便完全不参与。"其余的英雄们都叫道："你说得好，墨勒阿格洛斯！她要和我们同去的！"时斯蒂士的两个骄傲的儿子看见大众一心，便只好恶狠狠的也答应了。

　　最使好客的俄纽斯高兴的，莫过于他的贵客们在此暇时和他休息宴饮着了，因为他们之中，有许多是从远途跋涉而来的；于是他大宴了他们九天。在第十天的清晨，他们全体都带领了从人，牵了猎犬，出发到山中去了。当他们出发在途中时，一个牧羊人跑来告诉他们以野猪的最近行踪，指引他们到了山下的一座围有森林的水泽边；这个地方，它是常去的。他们看见了它的巨大的足迹，但不久，这足迹到了丛莽边又不见了；有好几个时辰，人和犬都找不到它。但快近中午时，柏里克西卜士窥见一个大黑堆，不动的匍匐在泥泽的高苇之中；他高喊了一声，投了他的矛，但因为过于热心，却失去了他的目标。这支矛飞过苇草，刺在一株树干上了。野猪惊跳了起来，以它的小眼向四面张望着，猎者和猎狗都飞奔到那个所在来。但一见了那样可怕的负隅顽抗的怪物时，大家都停步不前了，除了一个人——亚卡地人阿塔兰忒。她轻捷的偷偷的挽了弓，正当它低了头，携着利刃似的双牙闪闪有光的奔了出来时，她的箭射中了这只怪物的腰胁之间。它中了箭，莽撞向前，向少年的首领希里士腹股之间猛刺了一下，在他能躲了他的奔途之前，希里士便重伤而死；这野猪还猛转身，直向安菲阿剌俄斯奔去。但这位阿耳戈斯的先知却送了一箭，射瞎了这只狂兽的一眼；然后墨勒阿格洛斯窥得正正确确的投了他的矛，这支矛深陷在它的颈肩相接之处，它便倒在地上死了。全体英雄们如雷的欢呼着，山林也都回应着他们的喜喊之声。

　　墨勒阿格洛斯立刻吩咐他的从人取出刀来，将兽尸剥割了；剥了皮之后，他便将温热的野猪皮放在阿塔兰忒足下，对她说道："亚卡地的女郎，这个掳获物是你的，不是我的，因为你射出了野猪的第一股血。"阿尔泰亚的两位兄弟对此大为不平，立誓说，根据一切畋猎的规则，那奖品应该是杀死了兽的人取得的；但他如果不要争他的权利，则柏里克西卜士是第二个应该取得此皮的人，因为他是第一个看见此兽而惊起了它的人。托克苏士也叫道："亚卡地人不将夸口的说道，他们的一个女郎乃从埃托利亚和所有北方最好的武士中带走了这次著名大猎的掳获物么？敢对阿瑞斯立誓，他们永不会那么说！"于是他抢着了猪皮，同时将阿塔兰忒推开一边去。墨勒阿格洛斯愤怒的跳起来，又将这皮从他手中夺去。柏里克西卜士拦住他的路，冷笑道："回来，孩子，这不是给你的异邦的爱情之光的玩物。去寻找别一张皮给她吧，因为这张皮是要张在阿尔泰亚的大厅中的，不管你愿意不愿意。你这败子，辱没了你的家人的人，你竟劫夺了我们家中的光荣以取悦于前面乳脸的淫妇么？"墨勒阿格洛斯并不答言，执起他的矛来，用全力插进柏里克西卜士的胸前，矛尖竟刺出他的两肩之间，他不曾呻吟一声的倒地死了。他的唇边仍扭曲着冷笑。所有看的人都惊怖了，沉默的站立在那里不言不动；几可听见风吹叶动之声。但墨勒阿格洛斯一足踏在死人的胸上，拔出了他的矛。托克苏士如野狼似的咆吼着向他冲去，他们的短矛交叉着，闪闪发光的相猛触了一下，然后墨勒阿格洛斯的矛尖直贯进托克苏士的脸部，那么深的刺过他的骨，他的脑，他也倒身在柏里克西卜士的尸身上死了。墨勒阿格洛斯又拔出他的矛，这矛已两次沾染着亲人的血了；然后死者的从人们彼此微语，拔出刀来，但当他脸上神威凛然的以灼灼愤怒的眼光注视他们时，他们却退缩不前了。他正像战欲正狂时的阿瑞斯一样的站着。但当他的其余的伙伴，惊诧的站立着不动时，阿塔兰忒却走近了他身边，她的手温柔的放在他的臂上，望着他的脸。墨勒阿格洛斯的眼光在她的忧戚而怜恤的视线之下低垂了，他开始如一片狂风中之枯叶似的颤抖着，离开了她，掷下了血污的矛，叫道："唉，母亲，母亲，母亲，我所做的是什么事？……"

正当她的儿子这样的在苦闷中呼唤着她时，王后阿尔泰亚和她的宫女们坐在宫门之前，等候大猎的消息；因为墨勒阿格洛斯答应她，当野猪一死，立刻便差了一个人骑匹快马来报告她。正在那时，她看见一位使者如飞的在平原上飞驰而来，当这位骑者驰近了时，他大声的庆祝着王后，愿她快乐的听见她儿子的胜利，因为在他的矛下，卡吕冬的恐怖已被杀死了。"我一看见野猪倒地死了，"他说道，"立刻便纵身上马，如我们的太子在事前所吩咐的；现在，王后，快点预备好去欢迎他，因为他不久便要带了他的胜利品归来了。"然后王后和她的宫女们都欢呼大叫起来，这欢呼之声，惊动了老年俄纽斯，他也带了全宫的人都到了宫门口。阿尔泰亚重赏了报信的人，匆匆的去监督他们预备一次大宴去了；国王下令预备要祭献宙斯、阿瑞斯及阿耳忒弥斯；宫中忙乱得如一只蜂窝似的。

但当快乐达到顶点时，托克苏士和柏里克西卜士的尸身，被放在树枝粗粗编就的架上抬来了，抬的人是死者的从人们；他们在阿尔泰亚的目睹之下，抬进了天井。只有这些人进宫来，因为其余的俄纽斯的英雄客人们，尊重他们的悲悼的主人，不进丧事之家，而各自直接的离开了卡吕冬而归。至于墨勒阿格洛斯呢，他却和他的从人们逗留在途中，他自己不忍带了他所做的事的消息回家。所以当阿尔泰亚看见躺在尸架上的她的两位兄弟的尸身及他们身上所受的重伤时，她叫道："什么祸事发生了？我的儿子哪里去了？唉，如果他还活着，一定会对杀了这两位舅舅的人报了血仇的！不管这些杀人者是谁，我诅咒他们。"从人们彼此相视以目，不敢开口说话；然后其中的一人说道："王后，墨勒阿格洛斯还活着呢；但他怎么能够对他自己报仇呢？"国王俄纽斯站在旁边，听了这话，高声呻吟着；但镇定的阿尔泰亚却答道："不要吞吞吐吐说着谜语，朋友，你可以说墨勒阿格洛斯杀死了我的一个兄弟……偶然失手误会……但不会是两个……不，不，这怎么能够呢？……将全部的事都说出来，快一点！"当那位从人将经过的事说着时，她凝定的站着不动，低头望着死者，仿佛是不闻一语。当他停止了时，老国王扬声而哭，说道："唉，我的儿子！你命名为墨勒阿格洛斯真是不差，因为你的这次打猎使你和我都毁了，成了你自己母亲的同属的血仇了！是的，你也将你的致命的矛刺进她的胸中了！"所有他的侍臣们，阿尔泰亚的宫女们全都扬声大哭，但她却不落一滴泪，不发一言，吻着死者的额，极快的走进房子里去了。俄纽斯挥手阻止侍女不要跟她进去，因为他想："她是那么骄傲的一位妇人，她是要走进房里号哭，而不欲为人所见呢。"然后他命令从人抬起了尸身，将他们放在大厅中，一面则预备着他们的葬礼。他缓缓的跟了尸架进厅，刚刚跨进门限时，突然的一阵火光从火炉中直冲上屋顶。国王半炫目的看见他的妻跪在炉石之旁，她的脸，发，颈全染上了火光，炉中的木柴熊熊的烧着，一只空的油瓶放在她身边，她正在向一支松木的木柴吹火焰。这柴投于火炉的一边，已经半灼焦了。当这支木柴徐徐的燃着了时，她以一种饥饿的热切的心凝望着它，看来很可怕。"愿天神们可怜你，王后，"俄纽斯叫道，"这个悲苦使你的头脑发狂了么？你在那里做什么？啊，如果不小心看着，这火将烧了我们的家呢！"阿尔泰亚站起身来，以窒闷的怪声说道："烧了我们的家？"她又说道："唉，为什么不！当家已毁了之时……而它的遗址，不是我兄弟们的火葬堆么？……唉，时斯蒂士的儿子们，我将这样的一支火炬燃着了它，全个世界都将谈论到，你们的姊妹是如何的给你们以死后的风光！……看呀，俄纽斯，看着这支烧灼着的木柴……看呀，这心变红了，如心中的血液……我要告诉你为何如此么？……因为这乃是墨勒阿格洛斯的心……这是他，我腹中生出的孩子，躺在那边烧着呢！"恐怖着的国王叫道："不许说不吉利的话！现在我知道你真的发狂了。但听我说，阿尔泰亚，虽然你的损失极可悲痛，却并不是如你所想象的，我们悲哀着托克苏士和柏里克西卜士，却并不悲哀我们的儿子，不，不，他活在世上呢！我们至今尚有这一点安慰，你听见了没有？我说，墨勒阿格洛斯活着呢。"

"不要说这话。我的父亲！"他身后一个微弱的声音说道，"因为我要死了……死了。"俄纽斯回过头去，看见墨勒阿格洛斯的面孔死人似的苍白，头部及四肢都无力的垂着，他的两个奴隶扶着他。他们半扶着半抬着他到了一个床上，以枕头撑住他。忧闷的父亲擦着他冰冷的手，唤起来振作他的精神，焦切的问他的奴隶他的伤在何处，因为没有一点伤痕可见。没有受伤，他们答道，他们的少主归来时还是健全活泼的，当他走近宫门时，却突然的疲倒了，有如为致命的疾病所中。同时，你们都将以为阿尔泰亚看不见也听不见她身边所发生的事；因为她既不走近她的儿子，也并不回头望他，只是专心的看守着那根木柴；现在这根柴几乎要烧尽了，它的火低弱了下来。但当他们抬住了墨勒阿格洛斯的头，将酒强灌入他口唇中时，木柴闪闪的又生一阵火焰；然后，她回过头来，走近了，说道："不要灌，不要灌，不要扰他，他快要去了。"墨勒阿格洛斯听了她的话，抬了无神的眼，低语道："唉，母亲呀，你不能救我么？这真是死亡这无感觉的昏迷么？……真的……我觉得生命如一阵波涛似的渐渐的离我而去了……那么年轻便死了……唉，什么残酷的天神竟使我不及时的天死了？"

于是阿尔泰亚说道："我的儿子，并不是什么天神害了你的生命，乃是我自己。你的生命在我的保管之中，神圣的'运命'女神，在你出生的那一夜，到了我房里来，从火炉中取出一根柴来交给我，说道，你将活着，直到这根柴的烧毁，柴烧完了，你也便死了。我保护这根柴，如我眼中的瞳仁一样，直到了今天。但现在，这根柴却在前面火炉中烧灼着了，因为我觉得，在你对于生你的母亲做下了那事之后，你活在世上是没有什么好处的。孩子，你不知道，你如活在世上，我必要憎恨你，你是我的骨的骨，我的肉的肉么？是的，我还可以生别一个孩子，但兄弟们则不能再有了，他们躺在他们的血中，他们的伤痕，可怜的可怜的说不出话来的嘴，对我喊着复仇呢……唉，我怎么忍心不听从他们的呼喊呢？墨勒阿格洛斯，我的爱儿，这是唯一的路……现在取了你的母亲的宽恕。"

他低声说道："原谅我，母亲，有如我的原谅……"他说了这话，他的灵魂便逝去了，那根放在火炉中的柴也只留下了一堆的灰……

如此的终止了著名的伟大的卡吕冬野猪的会猎；这只野猪的死，牺牲了四位勇敢的英雄；不，竟是一天之内，将俄纽斯的全家弄得荒芜毁破了呢。因为阿尔泰亚吻了且闭上了她的死子之眼时，便很镇静的走出了大厅，自闭在她的房内；一小时以后，宫女们毁门进去，将一个新的噩耗报告她时，却发现她已用她的衣带自己吊死了。宫女们所要报的噩耗，乃是墨勒阿格洛斯的未婚妻，那时正到阿耳忒弥斯的神庙中，为他祈求着，当她归家看见他已经死了时，便也以短刀刺入心中自杀了。她在这里，证明了她是马耳珀萨的真正的女儿，她是把爱情看得便是生命的。

当国王俄纽斯和他的百姓们一同举哀了好几天后，城中的领袖和长老们便来恳切的劝他另娶一个妻，俾得生子传代，因为他所留下的孩子只是一个九岁大的女孩子，名为狄妮拉的。于是俄纽斯答应了他们，为了百姓们之故，生怕他死后无嗣，他们将要争夺流血。他派了使臣到阿耳戈斯的一个国王希波诺士那里，求得他的女儿辟里波亚为妻。她为他生了一个儿子，名为底特士。俄纽斯年纪虽老，还活着看见底特士成了一个很有力很勇敢的少年。但天神们仿佛还不倦的要伤这个不幸的国王之心，底特士到了二十岁的年头上，为了斗口，杀死了一个有力领袖的少子，不得不离开了卡吕冬。他到了阿耳戈斯，他母亲的祖国，国王阿德剌斯托斯很优待他，命他为主将之一，还给他一个他亲生的女儿为妻。至于俄纽斯呢，他的运命注定，在极老的时候，还要忍受别的忧苦，而最后乃在异邦，为人所杀。这些故事，我们将在下文"七雄攻打底比斯"一节中述及。

第四部 雅典系的英雄传说

一 雅典娜与普赛顿的比赛

雅典国的第一个国王是刻克洛普斯，他是大地的一个儿子，其身体为人与蛇的合体。这个地方从前称为雅克特，自他占地为王之后，便以自己之名，名之为刻克洛辟亚。据古老的传说，在他的时代，天神们都要各自占领着一个城市，为的是要这一个城市的人，特别的崇奉他或她。当雅典城方始立下基础之时，普赛顿与雅典娜便各欲得它为自己的城邑。于是普赛顿先到了阿提刻来，他站立在护城山上，以他所执的光亮的三股叉在地上一顿，他便在这山上生出了汪汪的一个湖，后来称它为依里克西斯。继他之后，又来了女神雅典娜，她植了一株橄榄树在后来所称为潘特洛西安的地方；此树枝叶扶疏，可以荫蔽多人。他们二人各欲占有这个国家；当他们正在激烈的争辩着，各不相让时，神之王宙斯却分开了他们，指定了十二位天神作为他们的公判员，以判定这个将来的伟大的国家，究竟应归谁所有。

这十二位天神威严的倨坐于高座上，宙斯坐在他们之中，特别的严厉可畏。海神普赛顿站在那边，他的长大的明闪闪的三股叉还击在岩上，海水从岩上喷涌而出，三股叉的尖端还在湿淋淋的往下滴水，这表示他是要占有这个城市的。雅典娜则站在别一边，头戴金盔，手执着一盾一矛，在她的矛尖之旁的地上，生长出一株青翠的橄榄树，密密层层的挂着果子。

天神们诧异的望着，于是群神们便公判以这个城给了雅典娜。于是"胜利"冠雅典娜以花冠，雅典娜遂成了此土的保护神；而普赛顿则狂怒而去，随即以大水淹没了阿提刻的平原。雅典娜以她自己的名名此城为雅典。自此以后，橄榄树繁植于阿提刻全土，对人民大为有利。

据别一个传说，则其故事是这样的：橄榄树突然的出现于阿提刻，在别一个地方，又突然的出现了一个水湖。于是国王刻克洛普斯便遣使者到得尔福的阿波罗那里，去问那些征兆，主着什么吉凶。神示告诉他说，橄榄树与水乃为雅典娜及普赛顿二神的象征，阿提刻的人民可以自由的选择这两位神道中的一位为他们的保护神，因此，这个问题便交到一个全体市民大会中去议决。这时，女子与男子一样，也是有市民权的；她们也参与了这次的总投票。所有的男市民全都投普赛顿的票，而所有的女市民则全都投女神雅典娜的票。投票的结果，因为女市民较男市民多出了一个，故胜利便属于女神。普赛顿大怒，遂将海水淹没了阿提刻。阿提刻的人民为了要平息他的愤怒，便决定，自此以后，取消女子的投票权，所生的孩子们也不许再加上他们母亲的姓名。

附录　普赛顿与雅典娜

邻近克菲莎斯河的岸上，厄瑞克透斯在多岩薄泥的地上，建立了一个城池。他是一个自由勇敢的民族的父亲；他的城邑虽鄙小，然而宙斯以其前知的力，已知此他日必成为广大的地球上最光荣的一邑。海之主普赛顿与宙斯的处女女儿雅典娜之间，对于厄瑞克透斯的城邑究竟应以谁的名字为名的问题起了争执。于是宙斯指定了一天，要在居住于高高的俄林波斯山上诸大神之前，为他们裁判此事。

当那一天到了时，诸神各皆到克菲莎斯河岸上来，就坐于他的金座上。高踞于一切之上者乃是神与人的伟大父亲—宙斯的座位，在他的身旁，坐着神后赫拉。这一天，即人类之子也能凝望着他们，因为宙斯放下了他的雷电，而所有的天神们也都平和的前来静听他的对于普赛顿与雅典娜之间的裁判。福玻斯·阿波罗手执他的金琴坐着，他的脸上掩抑不住他的俊美，但在他的闪闪有光的眼中已无愤怒之意，而他的刺击一切伪行假言的人的百发百中的矛也不用的放在他身边。他的一边，坐着他的姊妹阿耳忒弥斯，她的生活是消磨在追猎地上的兽类与到优波泰斯的芦草繁生的河岸上和仙女们嬉游着的。宙斯的又一边，坐着永远活泼年轻的赫耳墨斯，他乃是天神们的代言者，他手中执着一杖，以实行他伟大的父亲的意志。火的主赫淮斯托斯和家人的保护者希丝蒂亚，也都坐在那里。还有好争喜战的阿瑞斯，终日沉于宴席与酒杯中的狄俄倪索斯也都坐在那里；还有，从海中浪花里升出来而给世界以笑声的阿佛洛狄忒，也坐着。

在他们之前，站着那两位伟大的争执者，在静候着宙斯的裁判。雅典娜在左手高执着那支战无不克的长矛，在她的盾面上，藏着不为肉眼所见的一张脸，凡人一见了这张脸便不得活。普赛顿紧站于她的身边，傲然的自许其权力的伟大，正等着比赛的开始；他的右手执着明闪闪的震大地挥海波的三股叉。

于是代言者赫耳墨斯从他的金椅上站了起来，他的清朗的口音振响于一切来会的大众之上。他说道，静听宙斯的意思，他现在要裁判着普赛顿与雅典娜间的争执了。厄瑞克透斯的城邑，将以那位能从地上生出最有益于人类之子的赐品的天神的名字名之。如果普赛顿成就了这，这城便将名为普赛顿尼亚；但如果雅典娜呈出更高的赐物，这城便将名为雅典。

于是海王普赛顿威严的走了前来，他将他的三股叉击他所站的地上，立刻山峰连底都震撼着，土地裂了开来，从这深罅中，跳出一匹马来，其筋力的健壮，毛色的俊美，是后来的马匹所从不会有的。它的身体，毛色纯白，有如落下之雪；当它四足踏在地上，嬉游的奔驰过山与谷时，它的鬃毛傲然的在风中飘荡着。"请看我的赐物，"普赛顿说道，"将我的名字名这城。谁还能将什么比马更高明的东西给人类之子呢？"

但雅典娜以她的锐利的灰色眼睛凝望着诸神；她徐徐弯身到地，在地上种下她右手所执的一粒小小的种子。她不说一句话，但依然恬静的望着诸神。立刻，他们看见从地上长出一个小小的绿芽来，这芽长高了，生出枝叶来；它生长得更高更高了，树上遍布着浓密的绿叶，在它的丛聚的树枝上，长出果子来。"我的赐品比普赛顿的更好，啊，宙斯！"她说道，"他所给的马，将带了战争、哄斗及痛苦给人类之子，我的橄榄树乃是和平与丰稔，康健与强壮的表示，而且是幸福与自由的保证。那么，厄瑞克透斯的城邑还不该以我的名字名之么？"

于是诸神众口一声的叫道："雅典娜所给予人类之子的赐品是更好；这乃是表示，厄瑞克透斯的城邑在和平将比在战争更伟大，它的自由将比它的权力更光荣，且让这个城邑名为雅典城。"

于是克洛诺士的有权力的儿子，宙斯，点头表示他裁判这城邑应名为雅典。当他从他的金座上站立起来，回到俄林波斯的神厅去时，不朽的头发从他的头上飘拂下来，大地在他足下颤撼着。但雅典娜仍然站在那里，望着现在已是她自己的土地；她向厄瑞克透斯的城邑伸出她的矛，说道："我已得了胜利，这里将是我的家。我的孩子们将在这里，于幸福与自由中长大成人；人类之子们将到这里来学法律与秩序。他们将在这里见到，当凡人们得到住在俄林波斯山上的诸神的助力时，他们的手将会做出什么伟大的事业来；当自由的火炬在雅典城熄灭了时，它的光明将被传过别的地方；人们将会明白，我的赐物仍将是最好的；而他们将说，尊重法律，尊重思想与行动的自由乃是从厄瑞克透斯的名为雅典的城传给他们的。"

二　雅典的诸王

刻克洛普斯娶了亚格洛鲁丝，生了一男三女。男名厄律西克同，死时无子。他的第一个女儿名亚格洛鲁丝（即以她母亲的名字为名），和战神阿瑞斯恋爱着，生了一个女儿亚尔克卜。普赛顿的一个儿子，想要强迫着亚尔克卜与他相恋，阿瑞斯知道了这件事，便杀死了普赛顿的这个儿子。普赛顿向宙斯控诉，宙斯便以十二位神道为公判官，判决这件案情。其结果，阿瑞斯被宣告无罪。

刻克洛普斯的第二个女儿名赫耳塞，神的使者赫耳墨斯与她恋爱，生了一子名西发洛斯。黎明女神爱上了他，将他带去了。他们在叙里亚同住着，生有一子名底梭纳士。但西发洛斯后来娶了柏绿克里丝为妻。底梭纳士生有一子名法松，但关于法松的异说甚多。有的说，他并不是西发洛斯的孙子，而是他与黎明女神生的儿子。更有一说，尤为流行，则说法松与西发洛斯并无关系，他的父亲乃是日神。关于日神之子的法松，曾有一则很动人的故事。兹附述于下。

附录 法松驱日车

宙斯与伊俄生了一个儿子，名为厄帕福斯，他和他的母亲同住在庙中；他自己深以为宙斯之子自傲。他有一个游伴法松，年龄相同，其高傲的心胸也相类，他乃是太阳与仙女克丽曼妮所生的儿子。有一次，当这个法松高傲的不肯屈服于他，而夸说着福玻斯乃是他的父亲时，厄帕福斯却有意的羞辱着他，说道："你真是一个傻子，竟相信你母亲告诉的一切话，误认他人为自己的父亲。"法松愤怒得满脸通红，但却因为十分的羞辱，便勉强的压住了他的怒气，直跑到他母亲克丽曼妮那里，一一的将厄帕福斯的侮辱他的话告诉她。"你也许更要悲戚着呢，母亲，"他说道，"我心胸高傲，口舌是不肯让人的，却也被他说得无言可答。我真是羞耻，这样的一场侮辱的话，人家说了出来，我却不能回答。但如果我果是日神所生的儿子，请你给我一个证明，俾我得以向人夸言我的神裔。"这孩子这样的说着，将他的双臂抱了他母亲的头颈，坚求着她。克丽曼妮被他所感动（这不能确定，到底她的感动，是受了法松的请求之故呢，还是因为直接对于她的侮辱的愤怒），伸出双臂向天，转眼向着光明的太阳，叫道："现在对着这个既能听见且能看见我的光明的太阳，我向你立誓，我的儿子，你，乃确是现在你所见的太阳神，且是管辖着全世界的太阳神的儿子。假如我说了谎话，我便永不能再见到他，这天便是我眼睛最后一次望着白日之光的时候。但你自己去寻找你父亲的宫殿，也并不是困难的事；他升起的所在离我们自己的地方并不远。如果你这样关心着，你便到那里去，将你的问题，向太阳他自己问着罢。"法松听了他母亲的话，快活得跳起来，已经在想象中触摸到天空；他在走过他自己的埃塞俄比亚，和最近于太阳之下的英特地方之后，便很快的到了他父亲升起的所在了。

日神福玻斯的宫殿高站在危柱之上，闪闪发光的黄金与青铜，如火似的照耀着，光滑的象牙冠于上面的屋翼双叠的门户，则耀射着燃烧似的白银的光彩。而其制作之工，则较之材料尤为美丽。莫尔克勃在门上雕镂着包围于中央大地的水洋，以及悬挂于地上的天空。水中活跃着颜色深暗的海神们；吹着响螺的特力顿，变幻无方的柏洛托士，还有埃该翁，两只壮臂抛过一对大鲸鱼；还有多里斯和她的女儿们；她们有的在水中泅游，有的坐在岩上在晒干她们的绿发，有的则骑在鱼上。她们不是完全相同的面貌，然而又不是完全不同的，巧妙的恰好到处的表现出姊妹们的殊异来。陆地上有的是人与城市，森林与野兽，河流，仙女，以及别的地方神们。在这些景物之上，则布置着光耀的天空的代表，右手的诸门上有六个宫宿，左手的诸门上也有六个。

现在，当克丽曼妮的儿子，爬上了引到日宫中去的峻峭的道路，走到了他父亲的屋宇之下时，他便直向他父亲的脸上望着，但却停留于几步路以外，因为他不能忍受得住更迫近的光彩。福玻斯身裹一件红袍，坐在他的照耀着光亮的绿玉的神座之上。他的左右分站着每日神，每月神，岁神，与世纪神；时间神也位置端然的坐着；少年的春天也在那里，头上冠以花冠；还有夏神，全身赤裸的，只戴着熟稻的花圈；秋神也在那里，全身沾染着踏践的葡萄液；还有冰冷的冬神，须发雪白而硬直。

太阳神福玻斯坐于他们的中央，运用其无所不洞察的双眼望着这个见了这一切新奇的景象而战栗着的少年，说道："你为何而来？你要在这个高高的住所求得些什么呢，法松？没有父亲要否认一个儿子的。"这个孩子答道："这个广漠的世界上所共有的光明，福玻斯，我的父亲（假如你允许我以用此名称的权利！），如果我的母亲克丽曼妮不是在一个不真实的伪托之下潜藏了她的羞耻的话，那么，请你恩允给我一个证明，我的父亲，俾一切人都知道我是你的真实的儿子，将我心上的这个疑团取去。"他说了，他的父亲取去了他的炫目的光冠，吩咐孩子走近来。他拥抱了他的孩子，说道："你是值得称为我的孩子的，克丽曼妮告诉你的确是实话。你不要疑惑我的话，任你向我要求实现什么意愿，你都可以从我手上得着。我以神道们向它立誓的而我从不曾见过它的史特克斯河为证，证我以必守我的允诺。"他刚刚说完了话，这个孩子便向他要求他的车，以及驱赶他的有翼的马匹们的权利一天。

父亲懊悔着他的誓言了。他再三的摇着他的金光四射的头，说道："你的话证明了我刚才的话是说得太鲁莽了。但愿我能够收回我的允许！因为我自承，我的儿子，只有这一件事我是要拒绝你的，但我至少要设法劝阻你。你所要求的事是很不稳当的；你要求着过于巨大的一件事物了，法松，这件事物乃是不适宜于你的那么轻的年龄与精力的。你的运命注定是凡人；你所要求的事却不是凡人们之所能为的，在你的真朴的无知中，你已要求了连天神们自己也不能求得的一件事了。虽然他们每个神都可如意之所欲为而为着，然而，除了我自己之外，却没有一个人有权力代替我的火的车上的位置。不，即使伟大的俄林波斯山的主，也不能驱着这车；难道我们比宙斯更为伟大么？在路途的第一段是很峻峭的，我的马匹，在清晨锐气方刚之时尚难能驰得上去。到了中天，这是极高极高的，从那里往下望着海与陆，有时连我也要为之栗然，我的心也为恐惧所颤抖。最后的一段路。则又往下直冲，一泻无涯，必须极端谨慎的控御着的。所以，就是在她的下面的水中迎接着我的特西丝也常是恐怕我要头下足上的颠跌下去。再者，圆天的幕是时常在转动的，拖带着高高的星座而同去，以眩人的快率旋转着。我直向这旋转不息的天空上驱车向前，这制服了一切的疾转却制服不了我；但我却正相反的与宇宙的疾转驱驰而去。你想想看，假如你占有我的车，你将怎么办？你能够抗拒着旋转的天柱而驱车以进？它们的疾转的轴不会扫开了你去么？并且，你也许以为沿途有大林，有天神们的城市，有华丽堂皇的神庙么？不，这条路是满含着危险与食人的猛兽的。即使你能够循途而进，没有迷失了道路，你仍将经过许多危险；角牛充塞途中，更有那位弓箭手。拖着长钳以夹物的大蝎，以及巨蟹等等。且你要控御那些马匹也不是一件容易的事，它们的心胸之中全是火焰，身体是炽热的，还从口与鼻中喷吐出火焰来。当它们的凶性发作时，它们还不肯服从我的控制呢；它们的头颈老是与缰绳抗拒。但你，我的儿子，你要留意，不使我成了给你以一个致命的礼物的人，且在此尚可补救的当儿，纠正了你的祷语吧。你不是要求确证你为我的儿子么？看，这我已在我的忧虑中证实了；我以我的父亲的焦虑表示我自己为你的父亲，看！看在我的脸上。唉，但愿你也能够看到我的心上，而明白一个父亲心中所有的关切之情！然后，你且四面看看，看看这富丽的世界所有的东西，而从那些天与海与陆的无穷尽的巨量东西中，任求何物以去吧！我不会拒绝你任何东西的。但只有这一件事，我却求你不要去请求，你如果心里明白的话，便知这一件事乃是祸而并非福的了。一个祸患，我的法松，你乃求作赠赐。你为什么将你媚人的双臂抱着我的头颈呢，你这傻孩子？不，不要疑心，你要求什么，我都是要给你的，我们已对史特克斯河立下誓的了。不过，唉，你须有个更聪明的选择！"

　　父亲的恳切的警告说尽了，然而他却充耳不闻，他只是违抗着他父亲的话，要求着他的第一次的要求，心中熊熊的燃烧着要驱日车的欲望。于是父亲不得已的，能迟延一刻是一刻的领着这个少年到高车上，这车乃是赫淮斯托斯手制的，车轴是黄金的，车柱也是黄金的；其轮边是黄金的，车辐则为白银的。沿着车轭上，都镶着橄榄石与珍宝，闪闪的反映着福玻斯的四射的金光。

　　现在，正当能干的法松在诧异的望着这精工华丽的车时，看呀，黎明女神已经在殷红的黎明中看守着；她打开了她红色的大门，她的宫殿放射出玫瑰色的光明。星辰们全都逃避了开去，启明星是最后一个离开了他的天空中的望塔。

　　当福玻斯看见他已西沉下去，世界已经染上了红色，淡月的美角，也已朦胧得看不见时，他便吩咐迅捷的时间神鞴上了他的马匹们。女神们立刻如命的办去，从高敞的马厩中，引领了马匹们出来。它们喷吐着火焰，满餐着仙食之后，女神们便将铿锵的马勒安上了它们的嘴。于是父亲在他儿子的脸上涂擦上了一种神油，有了这油便不至为吞毁一切的火焰所焦灼；他将金光四射的日冠戴到法松的头上去，同时深深的叹息着，明知此去必定没有好结果；他说道："但愿你至少能够听从你父亲的这些警告，不要急鞭着马匹，我的儿子。紧握着马缰，马匹们自会匆匆的向前跑去；艰苦的工作是自会与它们的不失的足相逢的。你的路途不要直从天空中的五道带中穿走过去，正确的道途乃是要转了一个大弯，但要紧守在三道带之内，避去了南方的天空，也要避去了极北的天空；这乃是你的路径，你将清楚的见到我的车辙。你还要记住，天与地须有同等的热度，不要走得太低了，也不要向天顶上的路中走去；因为，你如果走得太高了，你便要烧灼了天空，你如果走得太低了，又便要烧灼了大地。走在中央，乃是最安稳的路途。你要看顾着你的车轮，不要太过的向右方的扭曲着的蛇转过去，也不要太过的向左方的天上祭坛所在的地方而去，你要走在两者的中央。我将其余的一切事交给了幸运，但愿它帮助了你，指导着你，比你自己的指导更好。当我在说话时，水露莹莹的黑夜已经达到了极西岸的它的目的地了。我们不要再耽搁下去了，我们是被召唤着了。看呀！黎明已经煌耀着，一切的阴影都已迷去了。现在握住了马缰绳，或者，你的目的仍可改变时，可以接受我的忠告，不走上我的车，当你尚能够之时，当你仍还站足在实地上之时，当你在踏上了你所无知的蠢蠢的要求着的日车以前。让我去给光明于世界吧，而你可以平安的看着！"

但那个孩子已经跨上了疾快的车，高傲的站在那里，快快乐乐的取了马缰在手，对他的不愿意的父亲致谢他的这个恩赐。

同时，太阳的快马辟洛斯、依奥斯、爱松、与菲莱公，这四匹健骑，傲然的鸣叫着；它们的怖人的嘶声，充满了天空；它们的足，不耐烦的在门限之后踏着。于是特西丝，昧然于她的孙儿的运命，将它们放出了门外，听任它们飞驰于无限无际的天空之上。马匹冲向前去，健飞的足，沿途穿裂着云块，它们还高高的举着它们的双翼，追过了吹起于同一方向的东风。但因为重量是减轻了，不若太阳的马匹们日常所觉到的，轭勒也没有平常的沉重。有如一只巨船，没有相当的镇船石，在波涛中滚来滚去，为了太轻之故而不稳定；像离开了正途一样，那日车也因缺失着平常的重量，而跳跃到空中去，高高的飘荡着，有如一个没有御人在上的车子。

当它们觉到了这时，马匹们便无绪的狂奔着，离开平常所走的惯道，不再在同一的车道上驰骋着了。驱车者则已为惊怖所打击，他不知道怎样的控制托付给他的缰绳，也不知所走的道路是什么所在；如果他是知道控御的话，却也不能够控制着马匹们。于是冰冷的大熊星小熊星，乃第一次被太阳的光线所灼热，想要跳入禁海中去，却又不能。至于蛇呢，它躺在冰极最近，从前了为严寒所中，故而酣睡着不为人害，现在渐渐的热了，从那火中感到大大的骚狂；波特士也恐怖的逃走了，虽然他走得那么慢，且为他的拙笨的牛车所牵制着。

但当不幸的法松从天顶向下望着时，他看见陆地远远的远远的躺在下面，他脸色变得灰白了，他的膝盖头因突然的恐惧而战栗着了，而他的双眼也因受了过度的强光而觉到乌暗了。现在，他才宁愿不曾接触到他父亲的马匹了；他后悔着，他发现了他的来源及他的祷求，乃为他的父亲所勉允。现在，他为了热切的要人称他为太阳的儿子，乃被日车带去，有如一只船被驱在狂风之前，水手们听任无所用之的舵丢弃了，置船只于天神们及祷语的支撑之下。他将怎么办呢？后边的天空是无垠无岸的，然而前面的天空却更是漫漫无际！他的思想测量着两方面；现在，他向前望着西方，那西方是他命中注定所不能达到的，有时，又回向东方望着。他晕眩着，他不知道该怎么办？他既不放弃了缰绳，又不能握住它们，他连马匹们的名字也不知道。更加在他极端的恐怖之上的是，他看见在天空上到处散布着奇形怪状的巨大的野兽。有一个地方，天蝎弯出它的双螯，有如两面弓形，他的尾和足长直的伸出各方。当这个孩子看见这个动物，流着黑色的毒汁，威吓着要以它的曲尾来叮他时，他便因冰冷冷的恐怖而失去了智力，落下了马缰。

当马匹们觉到这些马缰乃放在它们的背上时，它们便离开了正路而奔去，没有一个人控制、纠正它们，它们直向天空中不可知的地方漫奔着。它们听任着它们的冲动的引导，无目的的乱冲着，与深住在天中的星座们相碰，拖着车向从不曾有车走过的道上走着。它们一时爬上了天之顶，一时又头下足上的奔沉了下去，它们的道路便与地面更近了。月亮诧异的看着她哥哥的马匹们乃在她自己的下面奔驰着，使焦灼的云块都生出黑烟来。大地发生了火焰；起初是最高的地方先燃着了，地龟裂而成为深阱，它的水源全都被灼干了。青绿的草地被烧得只剩下白灰，树木是灼焦了，绿叶以及一切全都不见了；成熟的米谷，供给它们自己以燃料而自焚起来。但这还是人们所悲苦的小小的损失呢。繁华巨大的城市，随着它们的城墙而俱灭，广漠无垠的火舌，使全个国家都立刻成为灰烬。森林和山谷都熊熊的在延燃着，许多的名山都被毁了，泉水都干涸得一滴无存。而长年戴着白雪的高峰如今也第一次消失了它们的雪冠，连云包雾裹的俄林波斯山也都烟焰腾腾。

法松他自己也诚然看见了大地在各地方都发了火，生了光焰。但他不能忍受那太热，他所呼吸的空气有如一个大火炉所喷吐的热息。他觉得他的车在他足下被灼得成为白热了；他不再能够忍受着那灰烬与四射的火星了，他完全的被包裹在浓密的热烟中。在这个乌漆漆的黑暗中，他不能说出他现在在什么地方，或现在他到什么地方去，只是听任了他的飞马们的意思向前奔腾而去。

据后来的人的猜想，埃塞俄比亚的人民就在那个时候成为黑肤的，因为热气的蒸灼，将他们的血液都吸到身体的表面上来；利比亚也在那时，始成为一片沙漠，因为热气将它的水分都蒸干了。于是水中仙女们都披散了头发，哀哭着她们失去的泉源与清池。就是长川大河，虽然清流滚滚，水道广阔，也不能没有受损伤。河水都成为热的蒸汽了，有的竟沸滚起来，两岸也都焚烧着。太格斯河的金沙因极度的热而融化了，在水面上游弋泅泳的白鹅，都被灼干而死去，河中的鱼类也都被烹熟了。尼罗河恐怖的逃到大地的尽头去，藏起了它的头；至今它也还藏着呢。七个河口涸无滴水，满是灰尘；七个广阔的河道也没有一点的水流经过。到处的土地都裂开了大口，太阳光直透进下界阴府去，使地府之王与后都抖栗的恐惧着。连海水也被灼浅了，从前汪汪无际的大洋，现在只不过是一个在广漠的沙滩的高原包围中的大水湖而已。被大海所淹没的山峰，现在都呈露了出来。鱼类都向更深的低水中去，海豚不复敢在海面上成一个弧形而跳跃到空中。海牛的尸体浮泛在水面上，腹部向上翻转。他们说，涅柔斯他自己和他的妻多里斯以及他们的女儿们都深躲在他们的洞中，然而却还觉得热。普赛顿好几次要举出他的双臂和脸部出于水面之上，每一次都退缩了回去，不能忍受得住那炎热的空气。

养育万物的大地，虽为大海所环绕，且在深水之中，为她的深藏密躲于她的肺脏之中的川流所润，却也为炎热所灼烧，难得抬起了她的窒塞的头脸。她举起了她的手，遮在额前，她的大力的颤动使万物都震撼着，她比她常住和沉下了一点，严肃地说道："如果这是你的意思，且我是该受这一切的，那么，啊，一切天神们的王，你的雷电难道是闲空着不用的么？如果我必须死于火，唉，且让我死于你的火之下，且得以想到谁致我于死而减轻了我的痛苦。我说出这些话来，是好不容易才得开出唇来的。"热烟窒塞住了她，"看我的烧焦的头发，以及在我眼中，在我脸上的一切灰尘。难道这便是你付给我的繁殖与任务的偿报么？这便是我所忍受的一年年的犁耙的伤痕的偿报么？这便是我预备好家畜们的牧场，人类的米谷，天神们祭坛上的香火的偿报么？但，假如我是应该毁灭的，那么那大海，你的兄弟要怎样办呢？为什么他所管领的水那么缩小又缩小呢？但如果你心上并不以想到你的兄弟或我为重，则至少也要怜恤你自己的天空。请你四面望着，天空是从这一极到那一极都在出烟了。如果火将天极烧软了时，天神们的家便也要毁倒了。看，阿特拉斯他自己是在忧恼着了，他几乎难能将白热的穹天负在他肩头上了。如果海水涸了，大地灭了，天柱折了，那么，我们便都回到原始的混沌中去了，请你从火焰中救全尚未被毁的一切，顾全着宇宙的安全。"

大地这样的说了，便停着不言，因为她不再能忍受那炎热了；她自己退缩着，缩到更近于地府的深处。但全知全能的神之父，召集了天神们来看，特别是唤了那位给车于人的神，他说，假如他不出来帮助，则一切东西都要被一种悲惨的末局所毁亡了。他升上了天顶的最高处，这乃是他常在那里布云于大地上面的，乃是他常在那里兴雷打电的，但现在他却没有云块可以遮布于天空之中了，也不再有雨点可送到大地上去了。他轰轰的响着雷，右手执着一个雷霆，向驱车者法松击了下来，直将他从车上颠了出去，同时，也便了结了他的生命。这样的以火焰灭了火。发狂的马匹们奔跳了开去，它们的颈撞破了车轭，且从脱开的马缰之中挣开去了。这里委弃着缰绳，那里是破折的车轴；在别一个地方，又是断轮破辐；这碎车的余物到处的散弃着。

但法松，火灼烧着他的头发，头下足上的被颠落下来，成一个长线划过空中，有如一个流星划过晴夜的长空。他远远的离开了他的祖国，落在地球的别一部分。厄里达诺斯接受了他，浴着他的蒸汽腾腾的脸，那个水国的仙女们抬了他的尚在腾腾的出烟的尸身到了坟墓中去；在他的坟石上，刻着这样的墓志铭：

这里躺着法松，他乘着福玻斯的车；

虽然他是大大的失败了，然而他的勇气却更大。

那位不幸的父亲，为悲伤所病，藏起了他的脸；如果我们相信报告的话，则那一天是一整天的没有太阳。但燃烧着的世界却代之而给光明于人，所以即使在那场大灾祸中也还有些用处。但法松的母亲克丽曼妮，在她诉说着所能以言说的悲苦之后，她便悲戚的扯着胸部，遍走全个世界，先寻求着他的无生气的肢体，然后寻求他的骨殖。最后，她寻到了他的骨殖，但却已被埋在一个异乡的河岸上了。她扑倒在坟上，以眼泪沾湿了刻在墓石上的亲爱的名字，还将它亲切的抱在她胸前。她的女儿们，希丽亚特们，也加入她的悲哭，倾注出她们的眼泪献给死者。她们各以瘀伤的手，捶打着她们的裸胸；她们日夜的叫唤着她们的兄弟，连他也不再要听见她们的忧戚的哭声了，她们还扑卧于他的坟上。月亮已有四度从她的新弯而达到了她清光满泻的圆盘了；但她们仿佛是她们的习惯似的，仍还在那里悲哭着。于是有一天，最大的一位姐妹，法梭莎，正当她要投身而扑于坟上时，她诉说，她的双足是冰冷而固硬了。当美丽的兰辟蒂亚想要跑到她身边时，她自己也似为突生的树根所捉住了。第三位姊妹正在撒散她的头发时，她发见她的手是撷着树叶。这一个姊妹刚在诉说她的足踝已被囚困在木头之中，别一个姊妹又在说她的双臂已被变成长枝了。当她们正诧异着望着这些变化时，树皮已绕合于她们的腰部了；渐渐的，她们的腹部，胸部，肩部以及双手，也都已变成了树皮；只有她们的唇吻还是自由在呼唤着她们的母亲。疯狂了的母亲，除了凭着被冲动所带，一会儿跑到这里，一会儿跑到那里，将吻印在她们的唇上之外，更有什么办法呢？那还没有够呢；她试着用她的手从她们的身体上撕下树皮，拗下树枝来。但当她这么做着时，血点一滴滴的流下来，有如从一个伤处流出。每一个人，当她受了伤时，都叫道："唉，赦了我，母亲！赦了我，我求你。你在树上撕扣下去的乃是我的身体。现在，别了！"于是树皮复被于她的最后的话上。她们的眼泪仍然涌出着，而这些眼泪，为太阳光所晒，成为琥珀，从新造成的树上滴落下来。清澈的河水接受了它们，带它们向前去，有一天乃为罗马的新娘们所佩戴。

史特尼洛士的儿子库克诺斯乃是亲见这个奇事的人。虽然他是法松母族的亲人，然而他与法松的友谊，却更为亲密。他弃去了他的国家——因为他统治着里格李亚的人民与大城——沿着厄里达诺斯河的沿岸走着，悲泣着法松，且还走过法松姊妹们所新成的树林中。当他走着时，他的声音变成了薄而尖锐的，白色的羽毛覆藏着他的头发，他的头颈从他的胸前伸长出去，一个网似的薄膜联结起他的变红了的手指，羽翼被于他的身体的两旁，而他的口部则成为一个偏钝的硬嘴。库克诺斯这样的变成了一只奇异的新鸟——天鹅。但他却不愿高飞到天上及宙斯那里去，因为他记住他朋友法松所身受的可怕的雷霆。他的最喜爱的栖息的所在乃是波平如镜的清池及广阔的湖面；为了憎恨着火，他便选择了与火焰相反的水国为他的家。

同时，福玻斯穿着深黑色的衣袍坐着，收起的光明，有如他被蚀时一样。他憎恨他自己与白昼的光明，他全心都沉没在忧愁之中，在愁中还加上愤怒，拒绝为世界再现光明。他说道："从时间的开始，我的运命便注定要不休不息的；现在够了，我疲倦于我的无休止的不能避的苦役了。且任别的要驱那光明之车的人去驱车吧！如果没有人愿意，所有的天神们全都承认那是出于他们的能力之外，那么，让宙斯他自己去办着吧！至少要有几时，那时，他试执着我的缰绳，他便可放下了注定要把人家父亲的儿子掠夺去的雷霆了。那时，他才会知道，当他自己试着那些疾足的马匹们的力量时，不能好好的控制它们乃是不该罚以死罪的。"

当他这样的说着时，所有的天神们都站在他的四周，谦抑的要求他不要使全世界都没入黑暗之中。宙斯他自己也要他原谅他所投下的雷霆，他在请求之中还加上了尊严的恫吓。于是福玻斯复又驾上了他的马，那些马仍因余恐而狂野的抖栗着呢；而在他的悲伤中，他乃狠狠的鞭策着它们，诅骂它们以置它们的主人——他的儿子于死地的罪。

但现在，全知全能的神之父亲自出去周览天空，看看有没有什么为火焰所烧毁的。当他看见那些东西都是以不朽的力量坚固着时，他便前往考察大地上及人间的事。然而阿耳卡狄亚乃是他所最关切的。他恢复了它的泉源与河流，它们至此还不敢放胆的流着；他给稻麦于地，给绿叶于树，吩咐被害的森林再发出苍绿色来。他这样走来走去的辛勤的补救着，大地上面方才逐渐的恢复旧观。

法松的孙子桑杜考士经过叙利亚而到克里克亚建造了一个城，名克伦特里士。他生了一个儿子，名喀倪剌斯。喀倪剌斯的女儿名美拉，她突然的发生了要求与她父亲同床的欲望。因了老乳母的居间，她在黑夜中秘密的不为她父亲所知的与他同床了十二夜。后来，他觉察到了这事，便拔刀追逐着她。她被迫变成了一株树。十个月之后，她由树干中生出一个男孩子，名为阿多尼斯。他长得极为美丽，阿佛洛狄忒爱上了他，起初将他托于地府之后珀耳塞福涅抚养着。但珀耳塞福涅也深爱着他，于是这两位女神便为了这个孩子而争执着。这件案子到了宙斯的面前，宙斯命将一年分为三份；他说，在一年中，阿多尼斯有他自己的一份，珀耳塞福涅有一份，阿佛洛狄忒也有一份。然而阿多尼斯将他的一份也给了阿佛洛狄忒。

后来，阿多尼斯在一次打猎中，为野猪所伤而死。

却说雅典的第一位国王刻克洛普斯死后因为没有后嗣（他的儿子也已无子而早死），便由克拉纳士继他而即了雅典王位。这位克拉纳士也是大地所生的一个儿子。据古老传说，丢卡利翁时代的洪水便在他在位的时候暴发的。他娶了辟特亚丝为妻，生了几个儿女，其中，女儿雅西丝最为他所钟爱；当雅西丝还是一个处女时，她便夭逝了；克拉纳士异常的悲伤，便以她的闺名，名这个国家为雅西丝。

克拉纳士为安菲特律翁驱逐出国；安菲特律翁便继他之后而为雅典王。安菲特律翁也是一个土地神所生之子，但有的人则说他是丢卡利翁的一个儿子。他在位十二年，又为依里克莎尼士驱逐去位。这个依里克莎尼士，据有的人说，是天上工匠赫淮斯托斯与克拉纳士的女儿雅西丝所生的一个儿子；但据有的人说，他乃是赫淮斯托斯和女神雅典娜所生的儿子。但贞洁的女神雅典娜怎么会生出他呢？事情是这样的：雅典娜到了赫淮斯托斯那里去，要求他为她制造些巧式的兵器。但他，因为被阿佛洛狄忒所弃，正在百无聊赖之际，一见雅典娜到来，便爱上了她，开始去追逐她，但她逃走了。当他费尽了力气——因为他是跛足的——走到她的身边时，他想要拥抱她。但她乃是一位坚贞的处女，不能服从他的所欲，他便将他的种子落在这位女神的腿上。她憎恶的用羊毛将种子抹去了，抛在地上。当她逃了去，而种子落在地上时，依里克莎尼士便生了出来。雅典娜私自将他抚养成人，不给别的天神们知道此事，想要使他成为不朽的。她将这孩子放在一只箱中，交给了刻克洛普斯的第三个女儿潘德洛索斯去看管，严厉的再三的嘱咐她不许去看箱中的所有。她自己是遵守着她的命令的，但她的两位姊妹见了此箱，好奇的心便一发而不可复收；她们渴想知道箱中所有的到底是什么珍贵的东西。她们偷偷的将箱盖揭开了，原来箱中是一个婴孩，一条大蛇绕于他的身上。有的人说，她们便为这蛇所杀。但据别的人说，她们则因为雅典娜所怒而发狂了，自投于护城山下而死。依里克莎尼士自此便为雅典娜自己所抚养成人；他成人时，便驱逐了安菲特律翁而自为雅典的国王。他在护城山上竖立了雅典娜的木像，又创立了盘雅典娜亚的大节。他还被称为始创四马的车辆者。据说他和雅典的第一个王刻克洛普斯一样也是半人半蛇的；他创造了车辆为了要遮蔽他的一双蛇形的足。他娶了一个仙女，名柏拉克西赛亚；他们生了一个儿子，名潘狄翁。

潘狄翁继位为雅典国王；在他的时候，两位大神，得墨忒耳和狄俄倪索斯才到阿提刻来。狄俄倪索斯为伊卡里俄斯所接待。他从这位大神那里得到一枝葡萄藤，且学会了制酒的方法。伊卡里俄斯为了要将这位大神的赠赐传布到人间去，便带着酒到几个牧羊人那里去，给他们吃。他们尝到了酒味，心中大喜，因为过于喜悦，便摹仿着他，将这酒鲸饮了一会，却并不和以清水，因此遂沉醉了。他们想象，他们乃是被伊卡里俄斯的巫术所困，便鼓噪起来，杀死了他。到了第二天清晨，他们才明白事实的真相，便葬了他。

伊卡里俄斯有一个女儿名依丽哥妮。她见父亲一出不归，便到各处寻找着。一只家狗叫眉拉的，曾时时跟从着伊卡里俄斯出外，这时便为她发见了他的尸体。依丽哥妮悲哭着她的父亲，便在他父亲尸体所葬的地方的树上自缢而死。

潘狄翁娶了他母亲的姊妹苏克西卡为妻，生了两个女儿，柏绿克妮与斐绿美拉的两个双生子，厄瑞克透斯与培特士。

三　柏绿克妮与斐绿美拉

但雅典为了和拉卜达考士争夺疆界的问题而宣了战。潘狄翁便唤了特莱克地方的特洛士来帮助他；特洛士乃是战神阿瑞斯的儿子；因得了他的帮助，这次大战，便得了一个很大的胜利的结果。潘狄翁便把他的大女儿柏绿克妮嫁给他为妻。但这一次的婚姻，人间虽是喜气融融，天上的诸神却是极不赞同。在那一天，结婚的女神赫拉既不来临，许门与格莱西们也不光顾他们的家中。复仇女神们以从葬事中窃来的火炬照耀着他们；复仇女神们还为他们铺设了床；恶鸣怪叫的猫头鹰，栖息在新房的屋顶上。柏绿克妮与特洛士在这样的凶兆之下结了婚；他们的儿子也在这样的凶兆之下生了出来。特莱克全境都欢乐着，他们感谢着神道们；在新妇归来的那一天与小伊堤斯出生的那一天，他们都大设宴会以表祝贺的心情。

　　柏绿克妮远嫁蛮邦，心中不无郁郁，每每想到她的父亲，便伤心落泪；她特别想念着她的妹妹，她们从小便不曾分离过，如今却天各一方，久不相见，这更使柏绿克妮难过。太阳已经过五度的秋天了，她几次见春花，几次见黄叶，几次要对她丈夫开口，说起归宁的事，却总是讷讷说不出口来。这时，柏绿克妮却再也抑制不住她的思念之心，她便鼓了勇气，对她丈夫说道："如果我在你的眼前有什么可得欢心之处，那么，请你送我归宁一次，否则让我妹妹来到我这里一次也好。你对我父亲说，住了一时之后，她便会归去的。如果你给我一个机会见到我的妹妹，你便算给我以一个可宝贵的恩典了。"特洛士因此吩咐从人们预备好他的船，便下船，向雅典而去。他进了刻克洛普港，上岸到了雅典城。他见了他岳父，互相寒暄之后，他便将他妻子的要求说了出来，他说这便是他来此的原因；如果她的妹妹和他同去时，他允许很快地便可送她归来。于是潘狄翁命人唤了他的幼女斐绿美拉来。当斐绿美拉走了前来时，她的服饰果然富丽，而她的容貌尤为姣美；我们常常听见人形容海中仙女的美貌，或在森林中往来的仙人们的娇媚，这一切的话，都可以移赠给她。特洛士一见了这位少女，他便立即堕入情网之中，其快度犹如一个人置火于熟稻或干草堆之上，立刻便熊熊而不可遏止。她的美丽，当然值得他如此倾倒；但在他一方面，他自己的热情好色的心情也激促着他向前；并且，他的地方的人们，其气质也都是快于入爱的；他自己的火与他的国家的火，在他身上熊熊地烧着。他的冲动乃在要破坏她侍从的照顾，她乳母的忠心，且更欲以富丽的赠物以动少女；他自己即使耗了他全国的一切，他也不惜；否则便以强力玷污她，以血战维护他的行为。他为这个狂欲所中，没有一件事是不能做或不敢做的。他的心几乎包容不了他的火焰。现在，他耐不住多久，便又恳切地重提起柏绿克妮的要求，冒了她的名字，以求达到他自己的欲念。爱情使他雄辩起来，他好几次过分的恳切地说着，说这乃是柏绿克妮要如此的。他竟恳说得双泪齐下，仿佛这也是她吩咐他这么办的。你们天神们，主宰在男人们的心中的乃是什么盲目的黑夜呀！在这个进行着他的可耻的计策上，特洛士却获得了一个心肠仁慈的名望，他竟在奸恶中赢得了赞颂。唉，更有甚者，斐绿美拉她自己也是这样想着呢；她的双臂抱了她父亲的头颈，撒娇的定要她父亲允许她前去看望她的姊姊；她以她自己的美丽——是的，恰恰是相反——固执着她的请求。特洛士一双馋眼凝注在她身上，而他的脸色却似觉得她已经在他的怀中了。当他看见她吻着他父亲，抱着他的颈时，所有这一切都激策着他前进，给他的热情以食粮与燃料。每当她拥抱了她父亲时，他便愿他乃在她父亲的地位——诚然的，如果他果是她的父亲时，他的这个欲念也不会消灭的。父亲只得听从了他们两人的恳求。这少女心中充满了快乐，她谢了她的父亲。可怜的不幸者，她满以为姊妹们可以快乐的相遇，却不料此行竟使他们姊妹俩都陷入惨运之中。

现在福玻斯的工作已经快告毕了，他的马已经跨下西天去了。一个丰盛的王家宴席已陈设着美酒倾注在金杯中。宴后，他们便各退去静睡，但那位特莱克的国王虽在睡眠之中，而他的心却还萦系于她的身上。他忆及她的娇容，她的举止，她的玉手；他还以其欲念之所能的画出他所尚未看见的东西。他汲食着他自己的火，他的思想阻止了他入睡。清晨来到了；当他告别时，潘狄翁执了他女婿的手，将他的女儿托了他，落了许多眼泪，对他说道："亲爱的儿子，因为一个出于天性的请求，已战胜了我，我的两个女儿们欲之，你也欲之，所以，我的特洛士，我将她交给了你去照顾；以你的荣誉，以我们之间的关系，且对着天神们，我请求你以一种父亲的爱来保护她。愈快愈好的……无论如何，在我总已视为很长久的时候了——将这个我老年的甜蜜的安慰送还给我。而你，我的斐绿美拉，如果你爱我，须早早地归来；你姊姊的远离，已使我忆念得够了。"于是他又吩咐、叮嘱了许多话，吻着他的女儿，与她说再会。当他说这些话时，他的泪一滴滴地流下不绝；他要他们两人都伸出他们的右手来，以保证他们的守诺不渝；并请求他们说，他们要记住为他向他的女儿及她的幼子问好。他的声音为啜泣所阻，几乎说不出再会来；他心中颇有些说不出的预警。

当斐绿美拉安全地上了船，海水在桨下被击作悦耳的响声，而陆地已远远地在后面时，特洛士便叫道："我已得胜了！在我船上，我已带来了我所祷求的东西了！"当野蛮的人物胜利了时，他便很难能延搁下去他的快乐；他的双眼再也不曾离开她的身上，有如宙斯的大鹰，以它的利爪捉住了一只野兔，放在巢中的时候一样；被捉者更没有机会可逃脱，而捉人者则眈眈的凝望着他的掳获物。

现在，他们的行程已经终了了；现在，他们离开了久在海上的船了，他们登上了自己的海岸；于是国王特洛士拖了潘狄翁的女儿到一所深藏于稠密的古林中的草舍。斐绿美拉在那屋里，全心为恐怖所袭，苍白而战栗，以眼泪恳求着要知道她姊姊在哪里；他却将门闭上了。于是，他公然的对她承认出他的恶计，以后，他便施暴于她。她是一个弱女，且是孤立无援，虽是一时唤着她父亲，一时唤着她姊姊，一时又高唤着一个个的大神，然而任她力竭声嘶，还有什么人来救她呢。她如一只被惊的羔羊似的颤抖着，这羊为一只灰色狼所捕，抛在一边，不能相信其为安全；又如一只鸽子，它自己的血已满沾着它的羽毛，仍然栗栗地惊恐着，仍然害怕着那些已经刺穿它的利爪。不久，当她的知觉回复时，她拉着她的松下的发，有如一个居丧的人，捶打着她的双臂；她伸出双手，叫道："唉，你做了什么一个可怕的事，野蛮残酷的东西！你乃不顾到我父亲的嘱托，他的亲切的眼泪，我的姊姊的爱情，我自己的贞操，结婚的誓约了么？你已纷乱了所有的天然的关系！我乃成了一个妾，我姊姊的情敌；你乃成了姊妹俩的丈夫，现在柏绿克妮一定要成为我的仇人了。你为什么不取去我的生命呢，你这奸人？唉，但愿你在如此的残虐我之前杀死了我，那么我的鬼影也要是无辜而清白的了。如果高高在上的神们见到了这些事；不，如果有任何一个神存在的话，如果一切东西并不和我一同灭绝了的话，迟早你总要因为这个行为而偿付巨价的。我自己要抛开了羞耻，对众宣扬你所做的事。如果我有了机会，我便要到百姓们会集的地方诉说出这事来；如果我被禁闭在这些森林中，我则将充满了这些森林以我的故事而说动岩石生出怜恤的心。天上的空气将听见这故事，如果有任何天神在天上，他也要听见它的。"

野蛮的专制者听了这一席话，怒气勃发，而他的慌惧的程度也不减于愤怒。为这两个刺马轮所刺激，他便拔出挂在身边刀鞘中的刀来，捉住了她的头发，将她的双臂拗向背后紧紧的缚住。斐绿美拉看见了刀，便快乐的伸过她的咽喉待他割，满心只想死了干净。但他用钳子钳住了她的舌头，而当它还紧紧的在反抗着这个侮辱叫唤着她父亲的名字，挣扎着要说话时，他便以他的无怜恤的刀锋割去了它。被摧残的舌根颤动不已，而受痛苦的舌头则落在黑土上抖缩不已，似若微弱的呻唔着；有如一段被割断的蛇尾尚在扭曲着似的，这舌头也不断的抽搐着；在它的最后的临终的活动，它还寻求着它的女主人的足。即在这个可怖的行为之后——我们几乎不能相信——据说，这位残酷的人还恣意的在这个可怜的被残割的身体上接二连三地逞逐其欲念。

他带了这种罪恶在他的灵魂上，他还有脸回到柏绿克妮的面前来。她一见了他，便问他妹妹在那里。他假装悲伤地哭着，编造出一篇死的故事来，他的眼泪证明了这个故事。于是柏绿克妮从她肩上撕下宽阔的金边的长袍，穿上了黑衣；她还为她的妹妹建了一方纪念碑，带了祭礼以献于她的想象的精灵之前，悲伤着她妹妹的运命。

现在，太阳神走过了十二月，一年的途程已经完成了。被关闭着的斐绿美拉将怎么办呢？一个卫士阻禁了她的逃走，一道坚石的围墙围绕了草舍；不能说话的唇吻，说不出她的被残害的遭遇来。但悲伤却有着睿智，警诈也会在愁苦中来到。她挂了一片特莱克的织物在她的织机上；她在白地上，巧妙地用红线织出她的受虐待的经过来。这个织物，当全功告成了时，她便递给她的一个从者，做手势要求她将它带给王后。老妇人如她所吩咐的将这织物带给了柏绿克妮，不知道她所带去的是什么东西。野蛮的专制者的妻，打开了这布，读到了她的不幸的可怜的故事，不说一句话。

（她能如此，真是一个奇迹！）悲哀窒塞住了来到她唇间的话语，她的寻求着舌头竟寻找不到一句话足够表白她的被侮辱的感情。这里没有可容得的眼泪，但她却纷乱着，纠缠不清正当与错误，她的全个灵魂都倾注于复仇的一念上。

这乃是特莱克主妇们举行两年一度的巴克科斯的庆祝节。夜乃在它们的秘密中；在夜中，洛杜甫山反响着铜钹的喧声。于是，在这夜间，王后从她家中走了出来，自己穿着癫狂的衣饰，预备去酬神；她的头上戴着纠绕的葡萄藤，一块鹿皮从她左边挂了下来，一支轻矛掮在她的肩上。她迅疾的走过林中，带了一队的从人，为悲伤的疯狂所驱进。柏绿克妮，在她愤怒的恐怖中，摹仿着你的癫狂呢，啊，巴克科斯！她最后来到了那间幽闭着的草舍，锐声的高叫着，冲破了门，捉住了她的妹妹，打扮她以一个巴克科斯节目的妇人的装饰，以长春藤叶遮蔽了她的脸，拖了她便走，诧异的直引她到她自己的宫中来。

当斐绿美拉觉察出她已进了那可诅咒的家中时，那个可怜的女郎便为恐怖所中，脸色白得如死。柏绿克妮寻了一个地方，卸下了巴克科斯节礼的衣饰，除下了长春藤叶，显出了她不幸的妹妹的为羞耻所变白的脸部，将她抱在怀中。但斐绿美拉却不能抬脸对她的姊姊，她自觉对不住她。她的脸望在地上，渴欲立誓，且引诸神为证，证明她的那场羞耻乃是为特洛士所逼迫的，但她咿咿的说不出一句话来，她以她的手代替了她的声音。但柏绿克妮却全身是火，再也不能忍得住她自己的愤怒，她叱责她妹妹的哭泣，说道："这不是哭泣的时候，乃是握刀的时候，乃是握住比刀更强的东西的时候，假如你有这样的一种东西。我预备要犯任何罪过，我的妹妹；或者用火炬烧尽了这个宫殿，将我们的欺害者特洛士投入熊熊的余烬中，或者用刀割下了他的舌头，挖出了他的眼睛，斫去了侮辱你的那个部分，千刀万剐的驱他的犯罪的灵魂出壳。我正预备着要做大事；但这大事究竟是什么，我还疑惑未决。"

当柏绿克妮正这样的说着时，伊堤斯走到了他母亲的面前。他的前来，提醒了她所能做的事，她以凶狠的眼光望着他，说道："啊，你是如何的逼肖你的父亲呀！"她不再说话了，开始在计划一个可怖的事，燃沸着内在的愤怒。但当孩子走到她面前，欢欢喜喜地迎接他的母亲，将他的小小的双臂环抱着她的颈，天真烂漫地吻着她时，她的母亲的心又被触动了，她的愤怒平息下去了，她的双眼，虽然满不愿意的，却不由自主地为泪花所润湿。但当她觉察出她的计划是更强于母爱时，她便转眼望着她妹妹，而不看她的儿子；她这样的看看他，又看看她，说道："为什么这一个孩子能够以媚言柔语逗着人，而她的被夺去的舌却使她默默无言呢？他唤着我母亲，为什么她不能唤着我姊姊呢？你要记住，你是谁人的妻，潘狄翁的女儿！你要不忠于你的丈夫么？但忠于这样的丈夫，像特洛士，乃是一个罪恶。"她没有再多说下去，便将伊堤斯拉着走去，有如一只母虎拖拉着一只小鹿，经过恒河岸上的黑森林中。当他们到了大宫中的一个僻静之区时，这孩子看见了他的运命，便伸出恳求的双手，哀叫道："母亲！母亲！"还想将他的双臂攀住她的颈，但柏绿克妮将一把刀刺进了他的胸胁之间，冷冷的并不变脸。这一刺已够杀死了那个孩子，但斐绿美拉也去割断了他的咽喉；她们还用刀碎割了温热而颤抖的生命的小小的身体，她们将身体放在铜釜中烹着，而全个房间都为狼藉的血肉所沾染。

　　这乃是特洛士的妻邀请他去宴饮的食物，他一点也不知道是什么东西。她假假地说道，这乃是一种圣食，依据了古来相传的习惯，只有一个丈夫才能参与的，因此，将所有的从人与奴隶都驱了出去。于是特洛士独自坐在他的古老的高高的宴椅上，开始吃着这食物，他自己吞嚼他自己的肉。他完全昧然的叫道："去，叫我的伊堤斯到这里来！"柏绿克妮不能隐匿她的残酷的快乐，渴望做她的血的消息的使者；她说道："你在这里面有了你所要的他。"他四面的望着，还问这孩子究竟在哪里；于是当他再三地问着唤着他的儿子时，斐绿美拉如刚才一样的披散着发，身上满沾着她的狂行的血，跳了出来，直将伊堤斯的血肉模糊的头颅持示到他父亲的面前；她没有再比这个时候更想说话以表示她的快乐的了。于是特莱克国王大叫一声，推翻了面前的桌，请求蛇姊妹们从史特克斯河中出来；现在，如果他能够，他一定要很欢喜的剖开了他的胸膛，从中取出那可怕的宴物，呕吐出他儿子的肉来；现在他悲戚地哭泣着，称他自己为他儿子的最可怜的坟墓；于是他拔出刀来，追逐着潘狄翁的两个女儿。当她们在他前面逃着时，这两位雅典女郎的身上却长出翼膀来，她们竟展翼飞了起来！一个飞逃到森林中去，而另一个则飞到屋顶上去。直到现在，她们的胸部还没有失去她们的谋杀行为的痕迹，她们的羽毛上边还沾染着红血。原来柏绿克妮变的是一只夜莺，斐绿美拉变的是一只燕子。特洛士为了他的悲哀与急欲复仇之故，紧追在她们之后；他自己也变成了一只鸟，在他的头上出现了一个硬冠，一个巨嘴，向前突出，代替了他的长刀。他已是变成了一只戴胜了；这只鸟的神气至今还如一个人武装了要赴敌一样。

却说这个不幸的消息传到了雅典时，老潘狄翁闻之，为之涕零不已；他的两个女儿是再也不能复归的了，这个悲伤竟使这位老人家缩短了他的运命，早到了地府中去。

潘狄翁死后，他的两个儿子分了他父亲的遗产，大儿子厄瑞克透斯成了雅典国王，而培特士则成为雅典娜的祭师。厄瑞克透斯要了克发梭士的外孙女儿柏拉克西赛亚为妻，生了三个儿子，即刻洛普斯、潘杜洛士与米特安；四个女儿，即柏绿克里丝、克鲁莎、克莎妮亚与俄瑞堤伊亚。俄瑞堤伊亚为北风玻瑞阿斯所掠劫而去。克莎妮亚则嫁给了她的叔父培特士。克鲁莎则嫁给了邻邦的王克珊托斯。柏绿克里丝则嫁给了西发洛士。关于西发洛士与柏绿克里丝的恋爱遇合与其悲剧的结果，此处不再详述。

关于俄瑞堤伊亚与北风的故事，则有如下面的经过。

北风玻瑞阿斯先以礼向厄瑞克透斯求美丽的俄瑞堤伊亚为妻，但雅典人与国王厄瑞克透斯皆有鉴于特洛士的前车，一例的深仇着特莱克人及北方人；为的是玻瑞阿斯居于北方，他便也坚持不允他的请求。所以这位风神久久的不能得到他所爱的俄瑞堤伊亚。但当他以种种的好语卑辞都不能奏效了时，他便为愤怒所中，这乃是北风的平常的且天然的性情；他说道："我是该受这场没趣的！因为我为什么弃去了我自己的武器：凶狠与强力、愤怒与威胁的性情，而乃欲以全非我所素习的谦卑辞语去请求着呢？强力乃是我适宜的工具。我用强力驱逐黑云向前，我用强力撼动了大海，我拔起了坚固的橡树，我驼载着白雪，而抛给大地以冰雹，当我与我的兄弟们相遇于空中时——因为空中乃是我的战场——我也和他们那么激烈争斗着。竟使中天为了我们的相逢而轰轰作雷声，火光也从空云中射出。当我进了大地的穹穴中时，也是如此，我的强背坐在它最低的洞下，我以我的鼓胀惊走了鬼灵，以及全个世界。我要以这个工具取得我的妻。我将不去恳求厄瑞克透斯做我的岳父，我要使他不得不成为我的岳父。"玻瑞阿斯说了这些话后，他便鼓动了他的双翼而来；这一双大翼的鼓动，送了一阵狂风于全个地面，使大海汹涌不止；他拖着他的龌龊的大衣经过山顶，扫荡着大陆。当时，俄瑞堤伊亚正在河岸和女伴们在采集花朵，玻瑞阿斯却使天空乌暗了，拥抱了他的俄瑞堤伊亚在羽毛棕黄的翼中；她十分害怕的战栗着，他抱了她而飞去。他自己的火焰随了一翼翼的鼓动而更强大了；他一直向前飞去，飞到了克孔尼斯人的城中。这位雅典的女郎乃在这里成了这位冰冷的王的新妇。

厄瑞克透斯的另一女儿克鲁莎别有一段故事。克鲁莎嫁给了邻邦的王子克珊托斯为妻之后，不曾生过一子。但她在未嫁之前，却曾和阿波罗秘密的生了一个儿子；为了恐怕她父亲知道，她将这个儿子抛弃了。但阿波罗却收留了他，带他到得尔福，放在他自己的庙门口。这婴孩为女祭师抚养成人，取名伊翁，在庙中做着杂事，例如扫地添水之类。关于这位伊翁与他母亲，却有了下面的一段故事。

四　伊翁与他的母亲

在得尔福的阿波罗庙中，住着一位美貌的少年伊翁。他身材高大，举止翩翩，有如一个国王之子，但关于他的身世，却没有一个人知道；因为他在婴儿的时候，便被人弃置在庙门口，女祭师收养了他，抚育成人作为己子。于是他从孩子时代便为阿波罗神服务，他食着祭余之物以及异地人民前去请求神示者的赠赐而长大。这个孩子的习惯是，清晨起身，以扫帚清扫了庙宇，汲了卡斯塔利亚泉中的清水，洒在地上。他还常去赶逐庙中的鸟类——因为它们常从邻近的帕耳纳索斯山的林中飞来，有鹰、天鹅，以及其他——生怕它们要栖息在尖阁上，或以它们的掳获物玷污了祭坛。为了这个目的，他常随身带着一张弓与许多箭，假如必要时，去杀死鸟类；但他还是想要把它们惊走为止，因为他知道有的鸟类乃是为天神们带信息给凡人们的，警示他们以未来的事变，有如他的主人阿波罗之所为。

有一天，他正在庙中做着杂事时，庙门口有一群妇人们走了来，他们乃是从阿提刻来的女郎们，她们是伴了雅典王后克鲁莎同来的。她们前来瞻仰神庙，一见了门户与廊上的雕工便非常的诧异着。在它们上面，有巧匠们雕镂着赫克里斯杀死洛那的九头蛇的故事；伊俄拉俄斯站在赫克里斯身边，手执一把火炬，以焦灼他的刀所割下的创口；还有，柏勒洛丰也骑在飞马上，在杀死齐米拉；还有，帕拉斯与"大地"的儿子们在剧战着，她执着她父亲宙斯的雷霆与饰着戈耳工头的盾。当她们看完了这些雕刻时，王后克鲁莎她自己走了来，和伊翁说着话。她告诉伊翁说，她乃是雅典国王厄瑞克透斯的女儿，嫁给珀罗普斯岛的一个国王克珊托斯为妻。伊翁问她，克珊托斯乃是一个异邦人，怎么会娶了一个雅典公主为妻呢？她答道，这位异邦王子克珊托斯，曾帮助雅典人与欧玻亚地方的人民争战，战胜了他们，因此，他便得到了她为妻。当这位少年又问她为了什么目的，要到得尔福来请问神示时，她说道，她之所以到这里来，是因为他们结婚已久，尚还没有孩子，她的丈夫这次也和她同来，他现在正到特洛弗尼斯的洞中去问这同一个的事。因为在那个洞中也设有一个神示，以答复前去访问的人们以未来的事。于是王后也问及伊翁的身世；伊翁告诉她说，他是一个被弃的孩子，阿波罗的女祭师在庙门口捡取了他，抚养他成人。

过了一会，国王克珊托斯他自己也来了，他和王后寒暄之后。说道，特洛弗尼斯的神示诚然不能赶到阿波罗的回答以上去，然而它却允诺了这事，说是，他不至于无子而回家去。于是他们俩一同走进神殿中去，再要向阿波罗问及此事。伊翁留在殿外，在沉思默想着这些异邦来的人们所说的话。

　　但过了一会，国王异常欣悦地走了出来，当他一眼看见少年伊翁正站在神殿外边时，他便握住了他的手，正欲将他的双臂抱住他。但这少年却向后退却，他心里想道，这个人大约是发了疯了，几乎要拉弓以反抗他。于是国王对他说出阿波罗所给予他的回答；因为这位天神说道："你不是如你所想的无子的，你已是一个壮美的儿子的父亲了。你的儿子乃是，你立刻便要在走出我神殿外面时遇到了的那个人。""现在，"国王说道，"你乃是我由神殿中走出第一个遇见的人，我要求你做我的孩子。"当伊翁问他这是怎么一回事时，国王便说道，在从前的时候，他还没有娶了公主克鲁莎，因为年轻而愚呆，曾在这个得尔福的城中，娶了一个身世低微的女郎为妻，也许她曾为他生育了一个儿子吧——因为他不知道这事，为的是他与她久已不通音讯了。假如有这样一个孩子时，这孩子的年龄也当有伊翁那么大了。当伊翁听见了这话时，他心里很喜欢，因为他生怕他不幸会被发见他乃是一个奴隶所生的儿子。他仅对他自己说道："啊，我亲爱的母亲，我还能见到你么？因为现在我比以前更向往要见到你了；但也许你是死了，我再也见不到你了。"

　　雅典的女郎们站在旁边，听见了他们二人的谈话，便说道："王家的繁华发达乃是人民们之福。然而我们却喜悦着，我们的公主竟望到了一个儿子，厄瑞克透斯的王家也不至于没有一个后裔了。"

　　于是国王对伊翁说道："我的儿子，这是我和你两利俱益的事，因为我已寻到了我所最希求的，而你亦然。至于你现在说到你的母亲，只要我们有忍耐心，将来也许会如你所愿而得的；但现在，我要你离开阿波罗的神庙与这个靠着布施为生的生活，你和我同到雅典的大城中去，在那里你将会有巨大的财富，将来也会有我所握执的这个王杖。但你为什么沉默不言而低垂了你的眼光在地上呢？你突然地由喜悦而变为忧愁，这使你父亲的心疑惧着。"

　　于是伊翁说道："我的父亲，许多事情，依据了一个人的观望而变了形状，不管它是近或是远。我得到了你为父亲时，我是很喜欢着的；但你所说的别的话，却使我倾听着。人家说，雅典人乃是从开始便居住在那个地方的人民。所以我在他们之中，是要受到双重的斥骂的，因为我既是身世低微而且又是一个异乡人。如果我在国中占据了高位，那些在我下面的人便要憎恨我，为的是人们本都是不爱在他们之上的人们的。并且，那些在市民们中具有高位大力的人，也要十分妒忌的反对我，因为这种人总是以十二分的敌忾对待他们的同等的竞争者的。还要想到你的家庭，事情将怎么办下去。因为，在从前，你的妻，王后，是和你同受着这个无子之责任的，但现在她将独自地站立着，她自己担受着她的忧愁。那么，她将不憎恨我么？当她看见我在你的右手怎能没有想法？所以，你或者为了爱她之故，而收回了你所答应于我的话；或者，为了因我的福利，而扰及你自己的家庭。因为你知道，自视为被错待的妇人将如何的要以刀以毒药的致死之行为以对待她们的丈夫们。实在的，我的父亲，我看见，你的妻，为了年老而无子嗣之望，乃是妇人中的最可怜者。至于说到王位呢，我以为这乃是远望比之占有更为可悦的；因为他，每天生活在恐惧与死亡的境界的人，怎么能够快乐呢？如果你说，巨量的财富足以超过一切别的东西，富人乃是快乐的，则我也有别的意见。我但愿既不穷苦，也不富足，却安静而没有苦恼的生活着。因为，请你听着我，我的父亲，说说这个地方我所有的乐事：一切人都以为可爱的，乃是闲暇；我所做的这些工作，并不疲倦；远离了一切恶侣，常常的对天神们祷告着，或和人闲谈着，常得到这里来问神的新朋友为伴。诚然的，我的父亲，这个生活是比你所允许给我的更为快乐。"

"我的儿子，"国王答道，"你且学着去得到天神们所预备给你的好处。那么，第一，我要带你到大宴中去，这次大宴是我在这个地方举行着的，仿佛当你是一个客人；以后，我要带你到雅典城中去，然而起初却并不宣布你的出生，因为我不欲以我的幸福去苦恼我的妻，为的是，她还是不曾育子。然后，渐渐的我将劝诱她，俾你可以得到她的欢心，以统治此土。现在，请你且去招呼你所要召请的朋友们到宴会中来，因为你必须和这个得尔福城说再会了。"

伊翁答道：“就这么办着吧；不过，如果我寻不到我的母亲，我的生命是一点也没有价值的。”

国王对女郎们说道：“你们要注意，对于此事必须严守秘密，否则你们一定要被处死的。”

但她们心里却十分的为她们的女主人忧愁着，她没有孩子。而国王——她的丈夫，却找到了一个儿子。并且，她们也十分的疑惑着，不知道她们要不要将她们所听到的事告诉王后。

现在，有一个老人，他在从前乃是国王厄瑞克透斯的仆人的，走近到神殿来；当王后看见了他，她伸出她的手给他，扶着他上了石阶，因为他是很老弱的了。当他走到了殿上时，王后回身对着站在旁边的女郎们，问她们知道不知道阿波罗所给她丈夫的关于他的无子的事的任何回答。但她们却不敢回答一语，记住了国王的吩咐，要她们严守秘密，否则处死；但到了最后，为了这件事不使她们喜欢，一半是为了可怜她们的女主人，一半也是为了憎恶着一个异邦人要成了雅典的国王，她们便说道：“啊，公主！你将永不会抱一个孩子在你的臂间，或乳育一个婴儿在你的胸前。”当老人问她们——因为王后已沉入悲哀之中而不能发言——国王是否也同受这个痛苦时，她们便答道：“不然的，老人家；阿波罗对于他，给了一个儿子。”

“怎么样的？”他说道，“这个儿子还不曾出世呢，还是他已经生在世上了？”

“他已是一个成人的少年了。因为阿波罗说道：‘你从这个神殿中走出去，第一个遇到的人，乃是你的儿子。’你要知道，公主，这位少年乃是他，那个常在这个神庙中服务的人，你在先还和他谈过话。但在此以外的事，我却不知道了；所知道的仅是，你的丈夫将不为你所知的举行一次大宴，而这个孩子却将十分荣耀的坐在席上。”

当老人听到了这些事时，他发了怒，说道：“公主，此中必有诈。我们是被你的丈夫所欺骗了，他预先已曾蔑视着我们了。他要驱逐我们出于你父亲，国王厄瑞克透斯的家中。我说这话，并不是为了我憎恨你的丈夫，却是为了我们爱你。听我的话，那么；他是一个异邦人，到了雅典城中来，娶了你为妻，因你之故，承袭了你父亲的国家；而当他见到你不能生育时，他却不欲和你同受这个痛苦，秘密地和什么奴隶结了婚，却又将她和他所生的这个孩子给了得尔福的一个市民，要他为他抚养成人。如你所知的，这孩子长大而成为阿波罗神庙中的一个办事者。当你的丈夫知道，这孩子已经到了成人时，他便设下这个狡计，使你和他同到这个地方来，来访问阿波罗，你的无子将有什么方法救治。现在，你将受到那最狡诈的错待了，因为他要带了这个奴妇之子作为你家的主人了。所以，我便给你以这个忠告。你且想出一个计策来，或以刀，或以毒，或以你所欲的任何东西，杀死了你的丈夫和他的儿子，否则他们便定会杀死了你的。为的是，你如果赦了他们，你便决然要死了。因为，如果有两个仇敌住在同一屋顶之下，其中必有一个是要死亡的。现在如果你愿意。我要为你办这件事，在他所预备的宴席上杀死了他们；因为我在你父亲的家中寄食直到今日，我是渴想以此报答你的。"

于是王后和老人一同谈着这件事。当他要她杀死了她丈夫时，她拒绝了，说道，她不能下这个手，因为她想到他忠实于她的爱；但当他要她对于那位少年报仇时，她便答应了。仅她疑惑着，不知这件事要怎么办才好。于是老人叫道："将刀给了你的从人们，杀死了他。"

"啊！"王后说道，"我要自己领导着他们；但我要在什么地方杀死他呢？"

老人说道："在他宴请他的朋友们的帐中杀死了他。"

"不，"王后答道，"此举太彰明显著了；奴隶们的手也是柔弱的。"

于是老人愤怒的叫道："我看出你是怯懦着呢，你自己去想计策吧。"

于是王后答道："我有一个计策在我心中，既巧又稳。现在听我说，我要将它告诉你。你知道在从前的时候，'大地'的儿子巨人们，曾和天上的诸神们在弗里格拉的平原上大战着；'大地'为了要帮助她的孩子们，生出了戈耳工。宙斯的女儿帕拉斯杀死了这个巨怪。你知道，在那个时候，帕拉斯乃给了阿提刻地方的最早的国王依里克莎尼士以两滴戈耳工的血，其中一滴血具有能够使凡是与它接触的人都被毒死的能力，而其他一滴血则可医治一切的疾病。这些他都拿来放在黄金中保藏着。依里克莎尼士将它们给了我的父亲厄瑞克透斯，而他，当他死了时，便将它们给了我。我藏它们在我手腕上的一只镯中。你可取出那一滴能够杀人的血，用它去杀了这个少年。"

"这个主意不错，"老人答道，"但，我要在什么地方做这事呢？"

"在雅典，"王后说道，"当他要到我家中来时。"

但老人说道："那是不好的；因为即使你杀不死他，你也有了这个名声了。还是在这个地方杀死了他罢，你在这里办了这事更容易瞒骗过你的丈夫，因为这必须不给他知道。"

当老人说了这话，她便说道："那么，听我告诉你如何下手的方法。你到我丈夫祭神且接着宴会的地方去。当客人们正要散宴而为天神们倾杯时，你可偷偷的把这滴致死的血滴滴入他——将来主宰我家的人的杯中。当然的，如果这一滴经过他的咽喉，他便永远不会到雅典城来了。"

于是老人自去依计行事，当他走时，他自言道："我的老兄，做你的这个事，有如你是少年人。你得帮助你主人的家以反抗一个敌人。让他们快乐无虑的人谈着敬神之事吧；他，要对他的敌人下手的人，必须不顾到什么法律。"

但同时克珊托斯却正吩咐少年伊翁在照顾着宴席的事，因为他自己还有祭神之事未了，也许要耽搁好一会儿。于是伊翁张起了一个四个大柱的幕，不偏于南，也不偏于西，但在二方之中；他所张的幕是四方形的，每边有一百尺，因为他计划着要招集了得尔福的全体人民来赴宴。于是他从财库中取出幕帐来张罗好了，异常的美观可喜；因为在它们之上织着天空和所有的星座，太阳正驱车向西而去，黑袍的夜有着群星跟随着它，七女星俄里翁带着它的刀，熊星在地极上转着，还有圆圆的明月；在另一边，则黎明正驱逐着群星。他还取出了从异邦外国来的许多毡子，上织着船与船正在决战，还有半人半兽的奇怪的形体，还有鹿与狮的被猎。

在帐幕的中间，一大钵一大钵的盛着美酒；一个使者前去邀请全得尔福的男人们都来赴宴。当他们既醉且饱之时，王后的从者，那位老人，走了前来；一切人都笑着看他是如何的忙碌。因为他取了用来和酒的水洗手，他焚起了香，还自己揽了呼号取杯的职事。过了一会，他说道："拿开那些杯子，且去取了大杯来，我们要欢饮。"于是他们取来金与银质的大杯，老人取了一只比其余的都美丽的杯，将酒倾满到杯沿，将它奉给少年伊翁，假装着他是十分的敬重着他，但他已将那一滴致死的血滴放入杯中去。没有一个人看出了他所做的事，但当他们全都要喝饮着时，有人向他的邻座说了一句不好听的话，伊翁听见了这句话，他是具有先知的占术的，便当它为凶兆，吩咐他们为他倾倒了第二杯酒；且还说道，每个人都该倾些杯中的酒在地上。一大群的鸽子飞来喝这地上的酒……因为这些鸽子无畏心的住在阿波罗庙中——所有别的鸽子饮了酒都没有什么异状，但栖息在伊翁所倾倒的酒的地上而饮喝着它的鸽子，却立刻打转着，高声锐叫着，便这样的倒地而死。当少年看见了这奇事，他便叫道："谁设了这个毒计要来毒死我呢？告诉我，老人，因为你给我这个杯。"他跳过桌，捉住了那个老人。最后，那个老人被迫得无法可想，便将全盘的经过都说了出来。于是伊翁召集了得尔福的所有王子们在一处，告诉他们说，那位异邦的妇人，厄瑞克透斯的女儿，要用毒药谋杀了他。王子们的判决是：因为她想要以毒酒暗杀天神的管事者，她便要被从得尔福城所建的高山上抛投到山下去。

于是一个人，从头到尾看见了这事的经过的，便尽力飞奔的跑去告诉王后；当她听见了这话，并知人们中的执行者就要来捕捉她了，她便逃到阿波罗的神坛上去，坐在牺牲们所放置的地方；因为凡是逃到神坛上去的人便是圣物，如果有人要接触他们，便是违渎神道。但在不远的地方，伊翁率领了一队武装的人，对王后责骂恫吓着。当他看见她，他说道："你所生出的乃是一个如何下流的恶人，阿提刻国土；她是比她所要毒杀我的戈耳工的血还要毒。捕捉着她，俾她得以抛投到山下去。亏得我还没有踏足到雅典城中她的家里去；因为那时，她便可捉我入网，而我必定会被害了。但现在，即使是阿波罗的神坛也救不了她。"

他吩咐武士们拉她离开了圣地，但正当他说着时，女祭师辟西亚走了进来。当伊翁与她寒暄了以后，便问她是否知道这个妇人如何的要想毒害他的事。她答说，她知道的，但他也不该愤怒过度，万不可以血玷污了他所要去的雅典城中的家。当他不愿再听她说下去时，她又说道："你看见我手中所执的东西么？"她这时手中所执的乃是一个篮子，其中都是羊毛团子。"这乃是我，好久之前，在这篮中寻到了你的，你还是一个新生的婴孩呢。阿波罗吩咐我在此时以前不提起一句话，但现在却要将它交给你的手中。那么，取去了它，因为在篮中的襁褓，乃是你从前所包裹着的，你且自己去寻出你是出于什么种族的吧。现在，别了；因为我爱你，有如一个母亲之爱她的儿子。"

于是伊翁对自己说道："看见了这篮子诚是一件惨事，我母亲在好久之前，将我秘密的放在这个篮中而抛弃了去，于是我乃在这庙中成长而为一个无姓的人。天神对待我很好，然而我的运命和我母亲的运命却是不幸的。假如我发现我乃是一个奴妇之子便怎么办？还是一无所知的比知道这事更好。但我不要与神道的意志相违抗，所以我还是要打开了它，听听我的过去，不管它是什么样子的。"

于是他打开了这篮，诧异着；这篮虽经年历月却并不朽腐，而所有在篮中存着的东西也都一点也没有损坏。但当王后看见了这篮，她认出了它，从她坐的神坛上跳了下来，告诉出她所有深藏在心中而不告人的事。她说，在从前，她还没有嫁给国王克珊托斯以前，他曾为阿波罗生了一个儿子，将婴孩放置在这个篮中，将她所手织的东西包裹着他。"你，"她说道，"乃是我的儿子，我隔了这许久才得再见到。"

当少年人还疑惑着不知此事究竟真假时，王后却告诉他以襁褓的式样；有一件还是她女孩子的时候织成了的，技巧并不精，有如一个初学的人所做的，在这上面织着戈耳工的头，头上盘曲着蛇，有如帕拉斯的盾。她还说道，有一个颈圈，做成一条蛇的样子，还有一个橄榄叶做的花冠，其装饰恰似雅典城中的一个女子所生的孩子。

于是伊翁才知道，王后乃是他的母亲。然而他心中还十分的迷惑着，因为天神是将他给了国王克珊托斯为儿子的。然而他又疑心天神说的并不是真话。于是他说，他要自己去问阿波罗。但正当他转身要走时，看呀！天空中现出一阵大光明及一个天神的形状。他恐怖着，正要偕了王后同逃，却有一个声音说道："不要逃，因为我是一个朋友，并不是一个敌人。我是帕拉斯，我从国王阿波罗那里来，带了一个使命给这位少年和王后。他对伊翁说道：'你是我的儿子，这位妇人在从前为我生的。'对王后说道：'带了你的这个儿子和你同到雅典城去，将他承袭了你父亲的王位，因为他乃是厄瑞克透斯的子孙，应该承袭这个王位的。你要知道，他将建一个伟大的国家，他的孩子们在将来将住在海中的诸岛以及海边的陆地上；他们将以他的名字，名之为伊俄尼亚人。你也要知道，你将为克珊托斯生两个孩子——杜洛士与埃俄罗斯——这两个人也将成为诸国之父。'"

当女神这样的说了时，她便离开了；伊翁与王后克鲁莎二人，还有国王克珊托斯，他们全都十分快活的回到他们的家中去。

却说北风玻瑞阿斯以强力娶了厄瑞克透斯的女儿俄瑞堤伊亚之后，他们生了两个儿子：谢特士与卡莱士；又生了两个女儿：克丽亚巴特拉与齐奥妮。谢特士与卡莱士是双生子，他们二人什么都像他们的母亲，只有肩下的双翼却是与他们父亲相同的。据古老的传说，这些翼膀却不是和他们的身体同生的，当他们的须髯还没有出现于脸上时，谢特士与卡莱士兄弟俩是没有羽翼的；但当他们的双颊开始生长须髯时，同时两扇似鸟类的翼膀也生在他们的两肩下。这两个少年这样的经过了儿童时代而进入成人期。他们和伊阿宋同去寻找金光闪闪的金羊毛；但他们中途因追赶哈比丝们而遇到了结局。但据别的作家们说，谢特士与卡莱士二人乃是为赫克里斯杀死的。他们说，当谢特士与卡莱士从珀利阿斯的葬后竞技会中归去时，赫克里斯戮杀他们于特诺斯；因为他们俩曾劝阿耳戈船上的人将赫克里斯遗弃在密西亚不顾，只管自己开船而去。他在他们的坟上，堆成一个丘山，在这丘山上，他又建立了两支碑柱，其中的一柱，每当死者的父亲，"北风"吹来时，便摇摇的震动着。

　　玻瑞阿斯的大女儿克丽亚巴特拉嫁给了菲纽斯，他们生了两个儿子：柏里克西卜士与潘狄翁。但后来菲纽斯又娶伊特亚为妻；她憎恨前妻的二子，虚假的向菲纽斯诉说他们俩有强迫她与他们通奸的举动。菲纽斯相信她的话，将他们俩的眼睛都弄瞎了。但据别一传说，则弄瞎了他们双眼的不是他们的父亲菲纽斯，而是他们的残酷的继母，她用她的织梭作刀而挖去了这两个少年的眼睛。菲纽斯原是一个先知，但天神们因了他的泄露天机，也使他盲了双目，更遭了哈比丝们来扰苦他，每逢他在吃饭，哈比丝们便飞来攫了他的食物而去。但后来，当阿耳戈船上的人们经过了他的国中，向他访问航程时，他要求他们先为他驱逐去了哈比丝们；于是玻瑞阿斯的二子谢特士和卡莱士遂为他追逐了哈比丝们而去。他们直追哈比丝们到史特洛菲特斯群岛上，追得他们立誓不再扰苦菲纽斯了，他们方才赦了他们。

　　玻瑞阿斯的第二个女儿齐奥妮，和普赛顿私通，生了一个儿子优莫尔卜士，秘不为她父亲所知，但更为了不被他所侦知，她将这个孩子抛进了海中。但海王普赛顿捡拾了他起来，带他到埃赛俄比亚，给他自己的女儿平西丝克美去抚养。当他成人时，平西丝克美的丈夫将他的两个女儿中的一个给了他为妻。但他还要强迫他的妻的姊妹，因了这个原故，他被驱逐出国。他带了他的伊斯马洛斯往依特莱克国王特琪洛士。特琪洛士将他的女儿招了优莫尔卜士的儿子为婿。但后来，他反抗特琪洛士的阴谋为人所发觉，他便逃到了依洛西斯人那里去，和他们为友。后来，因为伊斯马洛斯的死去，特琪洛士乃派人请他回国。他应招而回，和他释了旧憾，继位而为特莱克的国王。当雅典人和依洛西斯人宣战时，他应了依洛西斯人的邀招，带了一大队强有力的特莱克的军队，加入他们与雅典人为敌。当雅典国王厄瑞克透斯去访问神巫，雅典人如何方可得胜时，神道答道，他们将会战胜，如果他杀死了他的一个女儿。当他杀死了他的最幼小的一个女儿时，别的女儿们也都自杀而死。因为她们曾立下誓说是姊妹们要同生同死。但据别的传说，则在厄瑞克透斯的六个女儿之中，只有两个最大的女儿是死了的；又据别一传说，则只有他的最幼的女儿克鲁莎是生存着。为了她们的自我牺牲，后来的雅典人乃列厄瑞克透斯和他的女儿们入于神道们的班辈中。在厄瑞克透斯的女儿们为国牺牲了之后，大战便开始。果然应了神示的所言，雅典人大得胜利，厄瑞克透斯杀死了优莫尔卜士。普赛顿因厄瑞克透斯杀了他的儿子，恳求宙斯用雷霆将他打死了。

厄瑞克透斯死后，长子刻克洛普斯继他而为雅典王。刻克洛普斯生了一子，名潘狄翁；这个潘狄翁，继于刻克洛普斯之后而为雅典王。但不久，便为他的堂兄弟们，即米特安的诸子们，起了叛乱而被逐出国。潘狄翁到墨加拉往依辟拉士，娶了他的女儿辟丽亚为妻。到了后来，他被命为墨加拉城的国王；因为辟拉士杀死了他的叔父比亚士，故将国政交给了潘狄翁，而他自己则带了一队的人民，去到辟洛奔尼梭，建立了辟洛斯城。

潘狄翁在墨加拉，生了四个儿子，即埃勾斯、帕拉斯、尼索斯、及吕科斯。但有人说，埃勾斯乃是史克洛士的一个儿子，后来过继给潘狄翁为他自己的儿子。到了潘狄翁死后，他的四个儿子便统军去攻打雅典城，逐走了米特安的诸子们。埃勾斯做了雅典王。尼索斯则做了墨加拉王。埃勾斯即位之后，连娶了两次妻，但她们俱没有生育。他很害怕他的兄弟们的压迫，便去到辟西亚访问神示，要知究竟有无儿子的事。神道答他道："皮酒袋的凸口，啊，人中的最好者，不要解开了，直到你达到了雅典的高处！"他不知道这神示说的是什么，便复归雅典而去。途中经过特洛桑，他和辟洛甫士的儿子辟修士同住了一夜。辟洛甫士懂得了这个神示，便醉他以酒，使他和他的女儿埃特拉同床。但在同一夜里，海王普赛顿也来和她同睡。现在，埃勾斯告诉埃特拉说，如果她生了一个男孩子，她可抚养了他，不必告诉他父亲是谁。他留下一把刀、一双鞋在一块巨岩之下；他说道，当孩子长大成人，能够转动了这块大岩，取出了刀和鞋时，方可遣他到雅典城来寻父。

但埃勾斯他自己则回到雅典城去，举行了全雅典节日的竞技会。在这次大竞技中，克里特国王弥诺斯的儿子安德洛革俄斯胜过了一切的竞争者。埃勾斯遣他去收服马拉松山的野牛，他便死在这次危险的行役中。但有的人则说，当他由雅典出发到底比斯，要参与为拉伊俄斯而举行的竞技会时，他乃在途中为妒忌他的竞争者所暗杀。但当他的死耗到达了弥诺斯的耳中时，那时，他正在帕洛斯祭献格莱西们，他听见了这个消息，便抛弃了他头上的花冠，停止了笛声，但却终于完成了这个祭礼；自此以后，他们凡在帕洛斯祭格莱西们便都不用花冠与笛声。但过了不久之后，他便率领一大队的军舰前去攻打雅典城。那里，克里特的海军正在全盛时代，纵横海上，并无敌手。他先略取了墨加拉；那时墨加拉的国王乃是尼索斯。他杀死了前来援救墨加拉的墨加洛士，希波墨涅斯的儿子。而尼索斯也在这时毁亡了。尼索斯的毁亡，完全为的是他女儿的叛变。因为他有一茎紫发在他的头部中间，一个神示流传于时道，当这紫发被拔去时，他便要死了；他的女儿史克拉爱上了弥诺斯，便拔去了他父亲的紫发。但当弥诺斯成了墨加拉城的主人翁时，他却将这位少女的足缚住了，倒悬她在船尾，溺死了她。

　　战事延长了下去，弥诺斯还攻不下雅典城。他对宙斯祷求着说，愿他能使他对雅典人报仇雪恨。雅典城被围不释，又恰遇着饥荒与瘟疫，人心汹汹，不可终日。他们听从了一个旧传的神示，将许阿铿托斯的四个女儿杀死。许阿铿托斯乃是从拉刻代蒙来到雅典城居住的。但许阿铿托斯的诸女虽为国而牺牲，而城围依然不解。于是他们又去问神示，如何方可解围。天神答他们说，他们须给弥诺斯以他所求的东西。于是他们乃派人到弥诺斯那里去，请他宣示，如何方可满意的讲和，解围而去。弥诺斯命令他们每年须送七个少男，七个少女，不带兵器的到克里特来，供给弥诺陶洛斯的吞食。弥诺陶洛斯乃是一个人身牛头的怪物，弥诺斯将其囚禁于一个迷宫之中；一个人进了此宫，便迷途而不得出；因为此宫中歧途错出，极不容易寻出路来。迷宫的建筑者为最著名的巧匠代达罗斯。代达罗斯本来也是一个雅典人，因犯罪而逃至克里特，依靠弥诺斯，遂为他建造了这个迷宫。

附录　弥诺斯的身世与子孙

弥诺斯乃是宙斯的儿子，他的母亲是欧罗巴。当欧罗巴在海岸边的草地采集花草时，宙斯爱上了她，他变成一只驯牛，诱她骑在他背上，便负她过海而至克里特。宙斯在克里特和她同床；她生了三个儿子，即弥诺斯、萨耳珀冬及剌达曼托斯。但据荷马所说，则萨耳珀冬乃系宙斯和柏勒洛丰的女儿所生的一个儿子。

克里特的王子亚斯特洛士娶了欧罗巴为妻，抚养大她的孩子们。但当他们成人时，他们却互相争闹着；因为他们同爱一个童子，这童子名米莱托士，乃是阿波罗的儿子。为了这个童子和萨耳珀冬更加亲爱，弥诺斯便和他们宣战；他战胜了他们，他们逃离了克里特。米莱托士在卡里亚登陆，建设一个城市，即以他自己的名字，名它为米莱托士。萨耳珀冬则和克里克斯联盟，他正和吕喀亚人作战；战胜了吕喀亚人后，萨耳珀冬便成了吕喀亚的国王。宙斯允许他活到三代。但有的人则说，他们兄弟们所争爱者乃系宙斯的儿子亚特尼士，并非米莱托士。

剌达曼托斯为诸岛民们制定法典，但后来他逃到玻俄提亚，娶了阿尔克墨涅。自他离开了世界之后，便在地府同弥诺斯并为审判官。

弥诺斯住在克里特，制定法典，娶了帕西法厄为妻。帕西法厄乃是太阳的女儿。但别的人则说，他的妻乃是亚斯特洛士的女儿，他的异父姊妹叫克瑞忒。

弥诺斯生了四个儿子，即卡特洛士、丢卡利翁、格劳科斯与安德洛革俄斯；还有好几个女儿，其中有名者为阿里阿德涅及斐特拉。

克里特国王亚斯特洛士死而无子，便由他的嗣子弥诺斯承继王位；但克里特人却反对着他，不承认他为克里特王。于是他宣言，他乃是从天神们手中接受到这个国家的；为了证实此言，他说道，凡他所祷求者，事必实现。于是他祭了普赛顿，对他祷求道，海中要涌出一头牛出来；他并允诺这位天神说，当这牛出水时，他当杀了它来祭祀。普赛顿真的如他所祷的由海中送上了一头肥美的好牛上岸来。弥诺斯遂得了克里特王位，人民心服无言。但他却深爱此牛，将它送到牛栏中去，而杀了别一头牛来祭普赛顿。因此，普赛顿深怒着他的失信；他使那头牛发了狂，又使弥诺斯的妻帕西法厄心中发生了一种对于此牛的奇恋。因了巧匠代达罗斯的妙计，帕西法厄藏在一头假牛中，与普赛顿的牛交合，生了一个怪物出来，这只怪物名为亚斯特洛士，世人恒名之为弥诺陶洛斯。他的头部是牛形，但全身的其他部分则完全为人形。弥诺斯受到了神示之后，将他关闭于迷宫中。关于弥诺斯以后的事，见于提修士的故事中。

弥诺斯为第一个统治了海面的人，所以他的政治势力遍及所有的岛上。

他的大儿子卡特洛士生了三个女儿：爱绿卜、克丽曼妮与亚辟莫西妮；一个儿子，亚尔赛曼尼士。当卡特洛士去问神示，他的生命将如何的终了时，神道答他道，他将死在他的一个孩子的手中。卡特洛士隐瞒了这个神示，不让人知道。但亚尔赛曼尼士却听到了它们的对话，恐怕他自己要成了他父亲的杀害者，便和他的姊妹亚辟莫西妮一同离开了克里特；他在洛特斯占住了一个地方，名它为克里特尼。但过了不久，他却杀害了他的姊妹；因为赫耳墨斯爱上了她，但她却逃避了他；她跑得比他更快，他捉不到她。但他却设了一个狡计，将新牛皮铺在路上，当她由泉边归来时，踏在牛皮上，滑倒在地，因此，遂被他所强暴。她归家时，对她兄弟说起这事的经过；但他心想，他姊妹所言的神道，完全是托辞，便愤怒地踢她至死。那里，他父亲卡特洛士，为了绝祸根计，又将他剩下的两个女儿爱绿卜与克丽曼妮交给了诺卜洛士去贩卖，要他将她们卖到外邦去。在这两个姊妹中，爱绿卜成了辟里斯赛尼士的妻子，生了后来在特洛亚战役中有大名的二位英雄：阿伽门农与墨涅拉俄斯；克丽曼妮嫁给了诺卜洛士，她也生了二子。但到了后来，卡特洛士年龄已老，他很想将家交给了他的儿子亚尔赛曼尼士。为了这个目的，他便到洛特斯来寻子。他带了一队人从船上登了岸，但牧牛人见了他们，还当是前来劫掠的海盗。他告诉他们以实情，但因为群狗乱吠，他们不能听清他的话。正当他们围攻着他时，亚尔赛曼尼士来了，他投了一支矛，立即杀死了他，并不知他即为他的父亲卡特洛士。后来，当他知道自己果然应了神示，亲手杀死了他父亲时，他便向天祷告着，没入地隙中不见了。

弥诺斯的第二子丢卡利翁，继了卡特洛士为克里特国王。他生了三个孩子；他曾捐弃了他父亲与雅典人的积嫌，力图和亲，将他的妹妹斐特拉嫁给了提修士为妻。

弥诺斯的第三子格劳科斯曾从死亡中为人所救而复生。当格劳科斯还是一个孩子时，他为了追逐一只鼠，堕入一大瓶蜜中而溺死了。弥诺斯见他失踪不见，便到处的搜索着，也并不曾发现到他。他去访问神示，怎样才能够寻到他。柯里特们告诉他说，在他的牛栏中，有一头三色的牛，凡有人能够正确的说明那头牛的颜色者，便也能够救他儿子于死亡。于是当占卜者们会集在王宫中时，波里杜士把此牛的颜色比为如桑椹的颜色一样。这比譬恰好相合，于是弥诺斯强迫着他要找出那个失踪的孩子来。波里杜士以一种占卜术寻到了格劳科斯。但弥诺斯见其术灵验，便又声言，波里杜士必须使这个死孩子复活。他和格劳科斯的尸体一同闭在一个房间中，当他正在十分的焦急着，不知如何办才好时，他看见一条蛇向尸体游去。他抛了一块石，杀死了这条蛇，为的是，如果尸体受了损害，他自己便要被杀。但又有一条蛇游来了，它看见前一条蛇已死，便游了开去。过了一会，它又回来了，带回了一根草，将这草放在那条已死的蛇的身上。这草刚刚放了上去，死蛇便已复活了。波里杜士见了这个情景，心里十分的诧异，但他恍然有悟，便也应用了这同一种草，放在格劳科斯的尸身上，将他从死地复活过来。弥诺斯如今已得回他的儿子了。他心中自然欢欣不已；但他心还不足，他定要波里杜士尽传其术于格劳科斯，否则不许他离开克里特到阿耳戈斯去。波里杜士被强迫的教导着他。但当波里杜士上船离开了克里特时，他吩咐格劳科斯吐一口唾沫在他口中，格劳科斯依言而吐，于是便将占卜术忘记得干干净净了。

弥诺斯在地府做审判官。在阳间，他的立法与行政都是很和平正直的，所以在地府便也因此而被选为审判官。

关于弥诺斯的死，在下文将叙及。

五　代达罗斯与其子伊卡洛斯

　　代达罗斯为厄瑞克透斯的曾孙，他的父亲是优巴拉莫士，他的祖父是米特安。他是生来的一个大建筑家，且是最早的雕像发明者。他的巧匠之名，在雅典城中便已宣传着的了。他的姊姊珀耳狄克斯，因此送了她的儿子太洛斯为他的学徒。太洛斯是一个聪慧异常极为可教的孩子，这时还刚刚过了他的十二岁的生日。这个孩子，有一天看见了一尾鱼的脊骨，以它为模范，乃在一片薄的铁片上，割截出一列的齿来，他便这样的创造了一支锯来。他还第一次将两支铁杆在一接点上缚在一处；这两支杆距离相等，若一杆固着一点不动，另一杆便可移动而画出一个圆圈来。代达罗斯异常的妒忌着这个孩子，他生怕这孩子他日的成就将超出他的以上，便捉了一个机会，将这孩子从护城山上掷到山下去。他编造了一篇谎话，说这孩子是自己不小心跌落了。但帕拉斯是爱护智慧的人的，便在空中接住了他，将他变作一只鸟，披他以羽毛，他的从前的捷速的智力，进入了他的羽翼与双腿；他乃变成了一只鹧鸪。这只鸟至今还不敢高飞于空中，也不敢建筑它的巢在树上或在高岩上；它只在靠近地面的所在飞翔着，它的蛋也下在低下的丛林中。它为了记住从前的从高处跌落，所以永远怕着高处。但代达罗斯因为怕罪畏罚，竟离开了雅典，逃到了弥诺斯的宫中去。弥诺斯欢迎着他。弥诺斯的妻帕西法厄看中了普赛顿从海中送上来的牛，深爱着它，然而人与牛却没有发生恋爱的可能；于是她求计于代达罗斯。代达罗斯造了一个木牛，与真的牛无二；他使帕西法厄藏身于木牛中，因此达到了她的愿望。但一年之后，她却生出了一个非人非牛，又人又牛的怪物来；这怪物头部是牛形，身体却是人形；人称之为弥诺陶洛斯。弥诺斯生怕丑声外扬，便计划着要从他家中移了这个怪物去，藏它在一个见不到人的无路可出的迷宫中去。这个工程，他也委托给代达罗斯。不久，代达罗斯便建筑成了一所绝为精巧的迷宫来；这宫中歧径百出，似是而非；

似一而二，回转曲折，进退无端，或似进而实出，或似出而实进；总之，欲以多歧的迷途，以欺人目，使进去的人找不到出路来。他造成这座迷宫之后，据说，连他自己也几乎寻不到出口。

后来，代达罗斯失欢于弥诺斯。弥诺斯将他和他的儿子伊卡洛斯都囚禁在迷宫中，水陆两途皆严密的防守着，不让他们逃逸出去。代达罗斯憎恨着克里特，也甚忆念着他的故乡。"虽然他可以严防了水与陆，"他说道，"然而天空还是开放着的，我要由那条路出去。虽然弥诺斯统治了一切，他却还没有统治着天空呢。"他这样的说着，便用心在未为人知的技术上，变更了天然的公律。他将鸟类的羽毛排列整齐了，先将最小的排列着，然后将大的羽毛再排列着，有如斜倾之形。正如旧式的乡间牧笛一样，它们的芦管也是一个比一个高的。然后他将大小羽毛用线及蜡胶连在中部及根处；这样的布置好了，他便轻弯着它们成为弓形，看来便似真的鸟翼一样。他的儿子伊卡洛斯站在旁边，笑容可掬的一时去追捉为一阵微风吹走的羽毛，一时以他的大拇指在揉弄着黄蜡，他的戏弄颇妨碍着他父亲的奇异的工作。当人造翼最后完全告成了时，这位艺术家兼工匠便缚翼于身，他鼓动了双翼，向上而飞，果然高飞在空中。其次，他也将双翼缚于伊卡洛斯身上，教导他如何飞翔的方法，正如一只老鸟教导着它的小鸟们从巢中试着飞向空中一样。伊卡洛斯试着这从未有人尝试过的飞翔，心中异常的得意，但却又有些怯懦。代达罗斯对他的儿子说道："我警告你，伊卡洛斯，你要飞在中间，否则，你若飞得太低了，海水便会沾湿了你的羽翼而黏住了它们；你若飞得太高了，太阳的光便会融灼了它们的。你须飞在二者当中之处；我还吩咐着不要凭着己意飞去，但须紧紧地随了我所取的路途而飞着。"当老人这样的再三的叮嘱着，再三的察视，缚紧他儿子的羽翼时，他的双颊乃为清泪所湿，他的手也颤抖着；他吻着他的儿子，这一次吻后，他是再也不可能吻他的了。他鼓起了双翼，向前飞去，但一心牵记着他的同伴。他鼓励着这孩子跟随了他去，还再三的叮嘱他教导他；他自己鼓拍着双翼，时时向后望着他的儿子；他们这样的飞出了迷宫。有一个渔翁在闲静的垂竿而钓，或一个牧羊人靠着他的驱羊杖而立着，或一个农夫靠在他的犁柄上，他们仰天而望，窥见了他们父子二人的飞过，便呆呆的站在那里不动，相信他们俩乃是能够自由腾空的天神们。当他们飞过了得罗斯与帕洛斯诸岛之后，伊卡洛斯的胆子渐渐的大了，他深喜着自己的飞行，不欲紧随在他父亲之后；于是他便离开了他的引导者，渴欲自由自在的在空中飞着，飞向更高更高的天上去。离他更近的太阳的焦灼的热光，晒软了连结着他的双翼的黄蜡，这蜡受热而融解了；当他还在一高一低的鼓拍着他的双翼时，这双羽翼却已与他的身体分离而落下了；他的双臂虽还在鼓动着，却因没有了羽翼，便不能停住在空中。他的唇间还在不断地叫唤着他父亲的名字，然而这有什么用处呢。他直沉到深青的海中去，遂被溺死了；后来，这一个海面便以他的名字为名。但那位不幸的老父——现在他已是一个无儿之父了——还在叫唤："伊卡洛斯，伊卡洛斯，你在哪里？我要在什么地方寻找你呢？伊卡洛斯！"他再三的叫唤着，却没有一个回声。后来，他看见浮泛在海面上的双翼了，便诅咒着他自己的技术。他乃以巧技杀死了他的儿子。他葬了他儿子的尸体在一个墓中；正当他将这尸体运入墓中时，一个啾唧的鹧鸪从一个泥沟中望出去，鼓拍着它的双翼，发出一种愉快的声音来。它在讥斥着代达罗斯呢，这只新变成的鹧鸪——他从前的徒弟太洛斯。据别一个传说，则伊卡洛斯的尸体并未为他父亲所寻获，它后来被海水冲击上岸，为赫克里斯所见，他因而葬了他。代达罗斯曾因此建立了赫克里斯的石像以志他的感谢。

但代达罗斯他自己则安全地飞到了西西里岛的卡米考斯。他在西西里岛上建造了一座阿波罗庙，挂了他的双翼在庙，以献给神。但弥诺斯忿于代达罗斯的逃逸，便追赶在他后面；他在各国遍访他的踪迹，随身带着一个螺旋形的贝壳，允许给巨奖于那个人，假如他能够将一根线穿过这个贝壳。他相信，用了这个方法，他定可找到代达罗斯。他到了西西里的卡米考斯，进了国王科卡罗斯的宫中。代达罗斯正潜藏在他的宫中。弥诺斯将那贝壳示给科卡罗斯；他接受了它，答应要用线穿过它，于是他将那贝壳交给了代达罗斯。代达罗斯将一根细线缚在一只蚂蚁身上，又在螺旋形的硬壳中，钻通了一穴，使蚂蚁进入穴中。但当弥诺斯见了线已穿过那硬壳中时，他便知道代达罗斯一定在科卡罗斯的宫中。他立刻要求科卡罗斯交出这个逃犯来。科卡罗斯答应交出他来，且还大设盛宴，以款待弥诺斯。但当弥诺斯浴后，却为科卡罗斯的女儿们所杀死。有的人说，他乃是为沸水所淋浸而死的；聪慧的代达罗斯劝诱科卡罗斯的公主们在浴室的屋顶上引下一管，正当弥诺斯在沐浴时，她们便将沸汤从这管中淋到他的身上，因此杀死了他。有的人则说，科卡罗斯的女儿们用以杀死弥诺斯的，并不是滚沸的热汤，乃是滚沸的沥青。

六　提修士

埃特拉为埃勾斯生了一个儿子，名提修士。她在他年纪小时，并不和他提起他父亲是什么人。但这孩子身体发育得极快，且又膂力过人，勇气勃勃。当他还是一个孩子时，赫克里斯曾经过特洛桑；他见到这样的一位大英雄，还听到他的许多骇人的历险，不禁为之跃跃欲试。少年提修士希望自己有一天也和他一样的历险除暴，扬名于世。有一天，赫克里斯脱下了他所披的狮皮，别的孩子们见了，全都惊骇得退却了，提修士却执了他的小小的刀，还当它是活的狮子，向前斫扑过去。不料这位小小的英雄，后来果然成了赫克里斯的朋友。

他的母亲埃特拉视他为至珍至宝，每当见他一天天的雄健长大了，她便默想着他们的分离将要到了，心中感着异常的凄楚难过。当他到了成人的年龄时，她带他到埃勾斯置刀与鞋于下的大石那里去；她吩咐他将这块岩石移转开去。他很容易的便将它移到一边去，于是石下的刀与鞋便为提修士所见。他见了这两件东西，觉得非常的诧异，便问他母亲这是什么意思。埃特拉不禁落下泪来；他抱住了他母亲，叫她不要伤心。于是她乃第一次告诉他以从前的情形，和他父亲的姓名；并说起，埃勾斯临别时，曾言及要他到雅典城去寻找父亲，并带了刀与鞋为凭证。她说到这里，不禁放声哭了起来，因为她晓得，她与她的儿子立刻便要分离了。提修士安慰了他母亲，便要摒弃一切，起程而去。他母亲不能，也不欲留住他了，便只好听任他去。他年老的外祖父告诉他说，由特洛桑到雅典，有两条路可走：一条路较近而且平安，即由海道而去；一条路则较长，而且多野兽、强盗以及种种危险，即遵陆路而行。提修士凭着少年的意气，偏欲取道于艰危而较长的陆路；因为他欲在达到雅典之前，扬名于世。他的心渴欲看看外面的世界，渴欲冒险艰险，正如乳虎少狮的初出山洞，非经险途危径不快。他外祖父虽再三的劝阻，却也抑制不下他的充满了冒险之念的跃跃欲试的心肠。他对他的焦急的母亲说道："我要学着赫克里斯，如果我到了父亲之前，将他的鞋侵染着旅尘，他的刀溅满了血，他一定会更欢迎我的。"他母亲深深的叹了一口气，只好任他前去。他勇气百倍，雄心勃勃的走了，连头也不回一下。他母亲的双眼，直送他到看不见他的背影为止。然后她回到家中，在家中所奉祀的诸神之前喃喃的祷告着，保佑她儿子沿途平安，不受任何祸害。

提修士登山越岭，走到厄庇道洛斯，第一次遇到一个为害过客的剪径强盗；这强盗名辟里菲特士，乃是天上工匠赫淮斯托斯的儿子。他肩背巨铁棒一根，其重无比，当之者无不死，人号他为铁棒人。历年以来，他从不曾遇见过对手，不知杀死了多少往来的行人。但他的双足却不良于行，他所恃的只是力强棒重。提修士遇见了他，先自站稳了足，执刀在手。他们一交手，铁棒人便知这人不可轻敌。这少年轻捷如猿，力大如狮；他很轻便的躲过了辟里菲特士的笨重的攻击，捉了一个机会，窥空将他的刀直刺进这个强盗的心中，因此了结了这个多年的积盗。然后，他取了辟里菲特士的铁棒及他的熊皮衣，作为出山第一功的纪念。

他披上了熊衣，捎了铁棒，自觉得很像他所崇拜的赫克里斯。他走了不多的路，到了柯林斯的土腰时，又遇到了一个险阻。在这个地方，有一个强人名西尼士的住着，专事杀害过客。他的杀人之法，与众不同，不用刀，也不用箭，不用绳，也不用石，只是将两株松树的树顶弯了下来，将那人缚于两株松顶之间，然后，突然的将弯下的松顶放松了，于是那被害

者便被弹到很高的空中去，四肢都零落的分裂了。因此，过往的旅客一谈
到这个弯松者，便变色战栗着。但当他也要以此惯常所施的手段施之提修
士时，却被这位少年英雄所打倒。提修士即用他自己的绳子缚他于松顶之
上，将他的骨头弹到空中以饲饿鹰。

在离开这土腰之前，提修士又去猎到了一个凶猛无比的牝豕；这只豕
名为菲亚，即以饲养它的老妇人之名为名。据说，它乃是巨怪底芬的所
生，它为害于这个地方已久，已杀死了若干的猎者。如今市民们见提修士
为他们除了这个大害，莫不欢欣异常。他们警告他说，前途还有一个更可
怕的危险，但他的壮心却不因此而稍怯。

原来从柯林斯到墨加拉，必须经过海边的一道狭窄的岩道，在这个窄
道上有一个可怕的巨人史克龙住着。史克龙是柯林斯人，据说，他乃系泊
罗普斯的儿子。更有人说，他乃是海王普赛顿的儿子。他所占据的岩石，
后人便名之为史克龙岩。这个强人凶狠无比，每强迫过客为他洗足，乘那
人俯着身时，他的足顺势一踢，便将他踢入海中去了。在这岩下的海中，
有一个巨龟，专在等候着它的美食。提修士听见了他们的劝告，他现在却
不走他道，专意欲走此途了。他与那个恶徒相见，他照旧的不知利害的也
要强迫提修士为他洗足，但提修士却捉住了他，将他从峭壁上抛掷到海中
去，以饲他自己以人肉饲养着的巨龟；一说他变了一个岩石，永远为波涛
所冲击。

以后，他到了依洛西斯，要由那个地方到墨加拉去；那个地方的人民
见他是如此英俊的一位少年，心里都很可怜他，便劝他快点悄悄的离境而
去，不要为他们的专制者开克安所见。这个开克安，乃是白兰考士的儿
子；但一说他是赫淮斯托斯的儿子。他恃着自己的身体高大，筋肉强健，
凡有过客经过依洛西斯者，他必挑他们和他角力，但与他相角的结果，却
无一人曾经幸免的逃生过。但提修士却不是一位畏斗而逃的人，他直向开
克安的王宫走去，和这位恶王宴食得既醉且饱之后，乃反邀他角力为戏。
开克安力量虽大，却不是提修士的敌手，他们斗不到几回合，那个强横者
开克安便为提修士所擒，高举他在空中，然后将他直向地上摔去。开克安

一生角力，却终于结果在角力场中。依洛西斯的市民们，见提修士为他们除去了专暴的压迫者，便全力留着他，要拥戴他继位为国王。

但提修士不欲留居于此，他匆匆地要继续前去。百姓们却告诉他说，由这里到雅典的途中，他将遇到一个无比狡诈而残酷的强人，这个强人的名字是柏洛克洛斯特斯，或名他为狄马斯特士；人家称他为伸拉者。他专门在此等候着无辜的过客；他见了他们，便卑辞好语的邀请他们到他的家中作客。他们一踏进了他的家，便赛如踏进了地狱。因为他用了一种人们闻所未闻的酷刑来了结他们的生命。他有两张床；这两张床，对于一个成人的身体，不是过长，便是过短。他对于身体矮小的人，便邀他睡在长床上，强将他的四肢撕拉长了以适合于床身；但如果那个不幸的过客是身材高大的话，他便将那人强迫的睡倒在短床上，用斧头将他的双腿斫短了，以适合于床身。提修士听了这一席话，决定要试试这个强人的手段，便离了依洛西斯而去。他自语道："这种东西非用他自己的奸计去治他不可。"柏洛克洛斯特斯见他经过，便如常的邀他入室。这个少年伪作一无所知，欣然和他同去；然后打呵欠，仿佛已深倦者，任自己被他引入苦楚的卧室中去。那个强人狡笑道："朋友，你看这是如何！我的那张床给你那么高大的少年睡似乎太短，然而我不久便能使之适体。"但正当他要引提修士卧于短床上时，他突然的发觉他自己已被如铁的手所握捉，无法挣扎。提修士将他掷在地上，缚了起来，卧他自己于他的短床上，用他自己治人的斧头，斫短了他的双腿。提修士任他卧在血泊中惨叫着，自己仍向前去。这个强人便这样悲惨的死于他自己所发明的新刑具上。

他既在路上肃清了五个强人，一只猛兽，以后，便沿途无阻的到了阿提刻。在那里，便有好些善意的人们来款待他了；他们为他洗清了血与尘土，供给他以宴饮，还为他祷神除罪。

然而在他父亲的家中却有一个更可怕的危险在等候着他呢。埃勾斯年已耄耋，已没有能力统御着雅典城了，奸谋与反叛充满了这城的各街。他的兄弟帕拉斯的诸子欺其年老无嗣，横行无忌。对此诸侄，他正无法奈何他们，而在他的宫中，这位老王又被制于他的妻美狄亚。原来巫妇美狄亚自从杀死了她和伊阿宋所生的二子，逃出柯林斯以后，便来到雅典，住于埃勾斯宫中；埃勾斯娶她为妻。但他们也并没有儿子。美狄亚以她的巫术，已先期知道提修士的前来。当提修士到了宫中的大厅时，她立刻便知道这位勇敢的少年是谁，但她并不向国王说明。她对国王埃勾斯说，这个少年乃是一个险恶的人，要想害他，须要谨防于他。老王深信她的话，心里很恐惧，他知道提修士喜欢冒险——但并不知道他便是他自己的儿子——便命他去杀马拉松山的野牛，意欲借此杀害了他。但提修士却杀了此牛而归。于是美狄亚又为老王配制了一杯毒酒，要毒杀了提修士。埃勾斯便执了酒杯，要请他喝此毒酒，伪作欢迎他得胜而归之状。但正当提修士快要喝下这酒时，他先将他的刀献给了他的父亲；埃勾斯的老眼认出了他自己的刀，立刻，便知道这位英俊的少年乃是他自己久已忘记的儿子。他觉醒过来，便将这杯毒酒从他手上扑倒在地上去了。于是提修士和他的父亲彼此相抱着；而美狄亚则安身不住，从此离开了希腊，复逃到亚洲去。如今亚洲有美狄亚一地，即因为她所在之地而得此名。

但提修士并不是一个安于逸乐的人；他在雅典城住了不久，便又自己投身于一个极危险的险途中去。原来那一年，正是雅典城遣送他们的第三次贡品于克里特的时候；这贡品须要七童男，七童女，用船载去，给幽禁于迷宫中的弥诺陶洛斯吃。这是有死无生的贡献；前两次贡去的童男童女们也都已这样的惨死了。这时。由城中贵族的子女们拈阄以定去留的时候又到了，家家父愁母哭，子女凄怖，其凄楚有非言语所可形容者。提修士问知其故，心中坚决的有了誓为祖国除去此害之念，但他并不说出口来。到了拈阄的那一天，他出现于场中，说道：“我是国王的儿子，该我第一个去！”他的父亲听得此语，惊得软瘫于椅上，要想阻止他，已是来不及的了。“我要领率贡去的童男童女们去，让这个弥诺陶洛斯先尝尝我的拳头看！”他说时，声容慷慨，气度凛然，在场的人没有一个不肃然起敬的。即使最妒忌他、最恨他的帕拉斯的诸子们，虽然心里巴不得他死于弥诺陶洛斯之手，这时却也不自禁的钦佩着他的勇气。他父亲老泪湿了双颊，以颤颤的声音，坚劝他不要冒此险；但提修士告诉他说，在他的手下，不知已死了多少的怪物与恶盗，这个弥诺陶洛斯大约也将是一个。他必须为雅典永除此害，否则宁死！他的英雄的精神，如刀剑似的锐利而刚强。他父亲无言可答，只是老泪滂沱，紧紧的抱住了他。于是，到了上船的那一天，他便也成了贡去的七男中的一人，与其他的十三位不幸的童男童女一同登上甲板。去的与送的人们，没有一个不哭泣着的，只有他是勇敢有余，神威凛然，坚定的站在甲板上，回望着雅典城。他心中除了誓欲杀去这个弥诺陶洛斯，为国除害的一念之外，别无他念。百姓们视他有如一尊天神，那么英俊威武。他们都希望他也如他铲除诸怪似的，铲除了弥诺陶洛斯，平安归来。但他们知道，这次的危险，远过于寻常的冒险；孤身入于敌国，迷宫歧途百出，弥诺陶洛斯又凶猛异常，大约此去凶多吉少。因此，他们又于敬重之中，带着悼惜之心。他的父亲埃勾斯尤为凄苦不可言说，他希望能够再见到他，他再三的叮嘱着他儿子小心在意。他还要他允诺老人一件事：载了这一批不幸的童男童女们前去的船，其帆是黑色的，表示悲哀；但埃勾斯对他儿子说道："如果你们平安归来时，须将黑帆易为白帆，俾焦心等候着你的好消息的老父，早早的先见到平安的符记！"提修士答应了他。

一阵好风将这只满载着不幸者的船只，很快地便送到弥诺斯的城下去。弥诺斯见了自愿牺牲的这位雅典王的太子，心中殊为满意，觉得这已足以报了他死去的儿子的仇了；但即使在他冷酷的心中，对于这位高贵的少年，也不禁生了怜悯敬重之意。他是那么勇敢的自愿来献作弥诺陶洛斯的牺牲。

"你要自己三思，在事已太迟了之前，"弥诺斯警告提修士道，"你要赤裸的单身的去寻找弥诺陶洛斯，手中不得执持寸铁；弥诺陶洛斯将每个走入它的迷宫中的牺牲都撕裂成片片。即使你能够逃出这样的一个仇敌之手，你一入迷宫，也终将不能在歧途中寻出一条出路来的。"

"如果必须如此，那么，便如此办去好了！"提修士说道。那天晚上，他便出发去做他的危险的行为。

但当他那么勇敢坚定的与弥诺斯问答着时，他的英俊与勇毅竟感动了许多聚集在弥诺斯大厅中的人；尤其感动的乃是弥诺斯的女儿阿里阿德涅。她异常的怜爱着这位少年英雄，她的心中渴欲救全他出于死途。在没有交谈一言半语之前，她和他已成了很亲切的朋友了。她偷偷的跑出宫外，到了他所住的地方，对他倾吐出她的钦佩与恋慕；她还鼓励着他说，她一定会设法救他出于迷宫的；不过，假如她这样的做了，她便再也不能住在克里特的了。她娇憨的要求他带她到雅典去，娶她为妻。提修士的英雄的心对于美人的这番好意，自也不能无动于衷。他立誓决不有负于她，当这事办完了时，他立刻会带了她同到雅典，娶她为妻。于是阿里阿德涅高高兴兴地去了。她去恳求迷宫的建筑者代达罗斯，求他指示觅途以出迷宫的方法。经了代达罗斯的详细指示之后，她便给提修士一卷细线，吩咐他将这卷线的一端固定于门上，他一路的进去，一路的将线放去，然后，当他的事情完毕了时，他便可沿了那根线寻到了出路，以达门口；这是万无一失的。同时，她还给提修士一柄魔刀，只有这柄刀，才能杀死弥诺陶洛斯，平常的刀剑是决然杀不了他的。提修士谢了阿里阿德涅，便和他们走到迷宫的门口，吩咐她和同来的童男童女们静候他的消息。他们双眼垂泪的看着他在黑暗中消失不见了；他的足声，也消失在宫中听不见了。他到了迷宫，一切都依计而行。于是一切都静悄悄的，一点声音都没有，只是时时的从迷宫的曲径中，传出弥诺陶洛斯的可怕的吼声，这吼声反响在乌黑的空中，更为凄怖动人。这吼声也表示弥诺陶洛斯已见了来人。当他们静静的站在黑漆漆的迷宫的门口，恐怖的静听着远远的狂吼声，噼啪声，与痛楚的呻吟声，有如一阵雷雨在深洞中轰响着，觉得时间格外的长久。然后，一切又沉静了下去。提修士的同伴们，膝头抖战不已，已不希望他们的领袖会再从这个寒心的黑暗中出来；这个使人战栗的魔地不久也将轮到作为他们自己的坟墓了。只有阿里阿德涅深信着提修士的英勇，定能歼灭了那个可怕的怪物。她眼睁睁的向迷宫中望提修士出来，她的心并不恐惧着。但到了最后，他们出于意外的听到了远远的提修士的胜利的叫声与他的沉重的足音，这使他们狂喜得几乎将心脏都跃出身胸以外。于是他来了，来了，他出现于迷宫门口的星光之下，他们见他的刀上满染着红血！

提修士欢跃的抱住了阿里阿德涅的颈，热烈的致谢她的帮助；假如没有她，他将永不能战胜怪物弥诺陶洛斯，也永不能觅途以出此黑暗的魔洞中了。但她却叮嘱他立刻上船开行，逃出她父亲和他的手下人们的权力之外。看守的人们，她已事前用强烈的酒沉醉了他们；现在，她还指示着提修士的水手们将克里特的船只都打了一个洞，俾他们无法可以追赶。雅典人办完了这事，便带了阿里阿德涅上了他们自己的船。在弥诺斯第二天清晨醒来时，他们早已扬帆而去，远在海上，追之不及的了。后来，他知道代达罗斯预闻此事，便将他囚禁于他自己所建的迷宫中。

现在这一对彼此相爱着的少年与少女已同在一处了；那一夜，他们的船到了那克索斯。他们的爱情忽然告了终结，因为提修士在一个梦境中，雅典娜对他警告说，他的阿里阿德涅，已命定为一个天神的妻，并不是他的妻。于是他硬了心肠，和她同登那克索斯岸上，乘她熟睡着时，将她弃在这荒寂无人的所在，不敢和她说一声再会，便开船而去。当可怜的阿里阿德涅第二天醒来时，才发现她自己是被弃了。这时海天茫茫，岩石嶙峋，这岸上一点人声人迹也没有；她异常的悲伤着，哭泣得很久很久。正在这时，酒神巴克科斯带了他的一大队快乐的人物而来；他见了哀泣着的阿里阿德涅很可怜她，便跳下车来，跑到她身边，温存的慰藉着她，吻去了她的眼泪。阿里阿德涅遂成了巴克科斯的妻。

提修士因为失去了阿里阿德涅，心中郁郁无聊，全忘了得胜归去的快乐。他也忘记了他父亲的话，易黑帆为白帆，表示平安归来。老埃勾斯一天天的在等候着他儿子的平安回家，他天天坐在雅典护城山的最高处，老眼不释不倦的望着海上。当他们的船进了雅典港时，埃勾斯第一个看见了它。但那船帆仍然是墨黑的！老王心中也一阵的乌黑，以为他的儿子定是死了。他失望的叫了一声，便由峭壁上投身于海中而死。至今，此海乃从于他的名字，名为爱琴海。

当提修士将船停靠于海港中，高高兴兴的上岸时，人们蜂拥的前去迎接他。他们一见提修士和童男童女们平安归来，欢声大振；然而迎接着提修士的第一个消息，却不幸的是他父亲的死耗。他以埃勾斯的死，引为自己的过失，心中甚为不乐。他在举国欲狂的酬神谢恩之际，又举行了他父亲、老王的葬礼；在悲哀着他父亲的惨死之际，又登上了雅典的王位。雅典城是这样的悲喜交集着！

但他的堂兄弟们，即帕拉斯的诸子们，这时却竭力的鼓励着市民们，要反对他继位为王。这些帕拉斯的诸子们共五十人，其势力也很不小。提修士却以断然的手段完全杀死了他们；所有反对他的人也都同样的为他所杀。因此，废弛已久的雅典国政，乃重复臻于严肃有秩序。但提修士做国王，也不仅是以杀戮威武为事的；他统治得很公平，很良好，在他统治的时代，雅典城始成为强盛伟大之国。

后来，提修士加入他所景仰的赫克里斯的队伍中，同去攻打著名的女人国家，阿马宗人，掠去了安提俄珀为他的妻，因此阿马宗人为了报仇，率队前来攻打雅典城。这场战事极为猛烈，阿马宗人曾一度攻入雅典，雅典人在提修士的指挥之下，与她们发生了激烈的巷战，终于战胜了她们。后来，提修士和安提俄珀生了一子，名希波吕托斯。但弥诺斯的儿子丢卡利翁却以他的姊妹斐特拉嫁给了他为妻。提修士也以联姻于弥诺斯家为幸，便弃了安提俄珀而娶了斐特拉。当他们举行着结婚礼时，安提俄珀心中大忿，率领了一队阿马宗人，武装而至，威吓的说，要杀死贺客们。但他们匆匆的闭上了门，而将她杀死了。但有的人则说，她乃是在战场上为提修士所杀的。斐特拉结婚后，为提修士生了两个孩子：亚卡玛士与狄莫芳。

但后来，斐特拉似乎是为她的被弃的姊姊阿里阿德涅报仇一样，乃使提修士受了一个大刺激，并杀死了他的儿子希波吕托斯。她见到年轻美貌的希波吕托斯，便和他发生了恋爱。这个念头一生，便再也抑制不住，虽然她曾经再三的强自抑制住。她不顾羞耻的私自招了希波吕托斯来她房中，想尽法子去诱惑他，要和他同床。但希波吕托斯却是憎恶一切妇人的，他由她的拥抱中，她的诱惑中飞逃了出去。斐特拉见事不谐，且羞且愤，恋爱乃一变而为怨毒。她还害怕希波吕托斯会将这事告诉他的父亲，便先发制人，打开了她的房门，撕下她的衣服，乔装着希波吕托斯前来强迫她的样子而向提修士哭诉着。提修士相信了她的话，便对普赛顿祷求道，这个逆子必须死灭。于是，当希波吕托斯乘车驱驰过海边时，普赛顿乃从海中送上一头牛，惊了驾车的马；马狂逸着，车子翻碎在地，希波吕托斯也被缠绕在缰绳中，被拖拉前去而死。当她的热情被一个喋喋多言的乳母所泄露而为人所知时，斐特拉便也自缢而死。

提修士曾加入众英雄们对卡吕冬野猪的大猎，这件事乃是与众英雄们乘了阿耳戈船长征觅取金羊毛同样的著名于世。

提修士的一个好友是辟里助士；他们之所以会成为始终不渝的好友者，乃是由于"不打不成相识"的一个英雄遇合的常例。原来，辟里助士乃是拉比斯人的国王，他冒险成性，无所畏惧。有一次，他到马拉松山的平原上盗走了雅典王的许多牛羊。牧人诉之于提修士，提修士向他兴问罪之师。辟里助士一见了英雄的提修士，心中便十分的欣慕。他慷慨的向着提修士表示和平，他说道："要怎么样方可使你满意呢？"提修士也伸出右手给他道："要你的友谊！"于是这两位英雄便定了交。

辟里助士与他定交后，二人便共同参与了一场著名的大战。这乃是拉比斯人和半马人们的大战。因为，当辟里助士和希波达墨亚结婚时，他邀请了许多的英雄去赴宴，提修士当然也在内，而云块所生的半马人们也被他所邀请，因为他们乃是她的宗人。拉比斯人的王宫中因此喜气腾腾，热闹异常；大厅中张着盛宴，拥拥挤挤的都是客人，全宫中喧哗异常。看呀，他们在唱着结婚歌了！大厅中烟腾着火光，新娘走了进来，一队妇人们与少妇们跟随着她。新娘是那么姣美可爱，客人们见了都欣羡不已。他们都向辟里助士和新娘庆贺着。这时，客人们都已有了酒意；特别是半马人因为他们贪爱酒的醇美，个个都已饮得过醉。半马人中有一个名优里托士的，尤为狂野的半马人中的最狂野者，他半为酒力所中，半为新娘的美丽所醉，心中烧沸着的狂欲再也抑制不住；他推翻了席面，全厅立刻便鼎沸着；新娘的头发为他一把握住了，强暴的被拖拉而去。优里托士既捉去了希波达墨亚，其余的半马人便也不顾礼法，借了酒力而胡为着。他们各就女客们和伴娘们之中，恣意的择其所欲各挟去一个，其情形恰似正被敌人攻下的城邑一样。全宫中都反响着妇人们的惊叫声，辟里助士和客人们全都跳了起来。提修士首先叫道："优里托士，你怎么发了狂，当我和辟里助士在此地之时，胆敢如此举动么？"这位心肠慈惠的英雄，想要以言语吓退了他们；他便将抗争的半马人抛开一边，从他们的狂手中救出被掠劫的妇人来。但优里托士并不答言，因为用言语是不能阻止这种行为的；他的双手不自制的向提修士打去，要击打他的脸与胸。恰好提修士的身边，放有一只古旧的调酒缸，他便高高的举起了这个大缸，直抛在优里托士的脸部上。他喷射出一大堆的血，还杂着头上流出的脑浆，口中流出的余酒，他的身体便不动的伏在地上。他的两形的兄弟们见他已死，便心中烧沸着愤怒，同声大叫道："取兵器来！取兵器来！"酒给他们以更大的勇气；开始是酒杯器皿在空中飞掷，然后便是战争与杀戮。一个半马人先从神坛上取下了一只满挂着明晃晃的灯盏的灯架，高高的举着，有如一个人用一把利斧去斫一只肥牛的白颈似的，直向一个拉比斯人斫去，这人的脸立刻变得不成形了，眼珠突出于眼眶，头骨碎了，鼻子陷入咽喉中。但别一个拉比斯人，却折断了枫木做的桌子的一只脚，将这个半马人打倒在地，他的下额乃陷入前胸去，他的黑血涔涔的喷溅出，再一下，他便到地府去了。另一个半马人正站在一个祭坛旁边，他的狂眼望着这座发出烟焰的祭坛，叫道："为什么不用这个呢？"他便抱起了这个巨大的祭坛，连着熊熊的火焰，直向一群拉比斯人丛中掷去，立刻击死了两个。一个拉比斯人见了，愤怒的大叫道："假如我的手攫住了一个武器，你将逃命不去的。"于是他寻到了一对鹿角作为武器，这鹿角是挂在一株长松树上，当作酬神物的。那个半马人的双眼为多歧的鹿角所刺中，他的眼珠立刻挂了下来，一只眼珠被钉在鹿角上，别一只却拖滚而下，挂在他的须边，涓涓的流着血。于是又是一个半马人从祭坛上拾起了一支在熊熊烧着的木杆，直向满生着黄色长发的一个拉比斯人的头颅上打去。头发为火焰所灼焦而烧了起来，有如一个干燥的谷场的失火，红血从伤口中流出，遇着了火，发出嗞嗞的声音，有如一根铁条，在火中烧得红了，浸入一桶水中去的嗞嗞作声一样。这受伤的人暴怒如虎，将火从发上扑熄了，然后从地上扳起一块大门限石，掮在肩上，其重值得一辆牛车来拖。但因为这石太重了，打不倒他的敌人，反将站在旁边的他的一个朋友压死在地。那个半马人禁不住快活的说道："所以，我祷求，你们一边的其余的人要勇敢！"他用了那支半燃着的火棒再三的打着那个拉比斯的人，直至将他的头颅打碎了。这个得意洋洋的半马人又转身向三个拉比斯人攻击着。其中的一个，年纪极轻，他的细须还第一次覆蔽着他的双颊，立刻便倒地而死。别一个大叫道："你杀了一个孩子有什么光荣？"半马人不等他再说第二句话，便凶狠的将火焰熊熊的火棒直刺入他大开着说话的嘴。他又去追杀第三个拉比斯人，但却被这人将一支尖木刺伤了肩颈之间。半马人高声呻吟着逃走，他用大力拔出这尖木来，沿途滴着血。其余的半马人也都各各的受了伤而逃走。向来捷足的几个，也都为了伤口剧痛而走得慢了。素擅占卜术的亚史波洛士也受了伤，他曾极力劝阻他的朋友们去战斗；他对惊逃的尼索斯说道："你不必逃；你要留着受赫克里斯的箭呢！"但来不及逃去的好几个半马人却都免不了死。有一个半马人，已逃去了，却回头一顾，顿时在额与鼻之间受到了一矛。还有一个，手里还执着酒杯，四肢伸直的睡在一张熊皮毡上，酣然的沉沉未醒，然而也逃不了死。一个拉比斯人在远处见到了他，手中执了矛叫道："将你的酒掺上了史特克斯河的水而到那里饮去罢！"他的矛直中他的颈部；他不知不觉的死去了，黑血流满了熊皮，还流入他的酒杯中。一个半马人，从地上拔起了一株满生着橡实的橡树，双手执了它，在那里挥舞着；辟里助士对他掷了一矛，将他的身体直钉在坚硬的橡木上。辟里助士还杀死了好几个半马人。一个被他的矛击中了头颅，从右耳刺入的矛尖透出了左耳。还有一个被他所追迫，颠落到悬岩之下；岩下恰好生着一株槐树，他的沉重的身体压到树顶上，乃刺钉在被压折的树干上了。还有一个半马人，正从山边裂下一块大岩，意欲向辟里助士抛去，恰好为提修士所见，他用一下木棒，将他打伤了。他来不及再去伤害这个半马人，便又跃骑在一个半马人的身上，这身体是从未为他人所骑过的；他一手执握了他的长发，一手用木棒打他的头颅。他用这棒还打死了好几个半马人，其中有一个是胸前拂着长须的，一个是善于投矛的，一个是身材高大，可与树顶并长的，一个是常在底萨莱山中活捉了猛熊带回家去的。有一个半马人，名为狄莫李安的，用力拗折了一株大树，用树干直向提修士打去，但提修士轻捷的跳开去了，这树干却仍打死了一个人，这个人乃是国王珀琉斯的执盔甲者。当珀琉斯见他这么可怜的死了，便叫道："至少你可享受着一场葬礼，克兰托！"他这样的说着，便用他的矛向狄莫李安掷去。这矛刺中了他，矛杆在他身上颤颤的摇动着，他用力拔它出来，但矛尖却固着于他的肺中。他虽受剧痛，却还奋起最后的勇力，与珀琉斯相抗。他以足踢着珀琉斯，珀琉斯却以盔盾自护，同时拔出刀来，刺中了他的胸部。珀琉斯还杀死了其他几个半马人。有一个半马人，头部受了伤，以一手掩护着，却被尼克托一矛掷去，连他的手都钉在额上了。

有一个半马人，他的上半部人形的部分，生得极为美俊，一头如金波似的黄发，一缕黄须刚刚长出；头部以下以至颈、肩、胸、手无不秀美匀称，大似一个艺术家的完美的作品。就是他的马形的一部，也长得极为神骏；他全身纯黑，毫无杂毛；而他的尾及腿却是雪似的白。许多女半马人都向他求爱，其中最美的一个少年女半马人却占得了他。她也是一切住在森林深处的最秀丽者；她以她的爱情，也以她的修饰，赢得了这位名为卡拉洛士的半马人的心。她日常以梳细理着她的长发，采了迷迭香，或紫罗兰，或玫瑰花或白色的水莲花簪戴着。她每天总要到清溪中浴脸两次，在川流中浸身两次。她肩上披着精选的美好的兽皮。他们俩彼此挚爱着，常常同游于山麓，同栖于山洞中。这一次，他们俩也同至拉比斯人的王宫中来赴宴，且也并肩的在狠斗着。不知谁向卡拉洛士投了一矛，这矛刺中了他的胸前。当这支矛拔出之后，他的身体渐渐的冰冷了。他的妻希绿诺美拥抱了他的尸体，以她的手抚摸着他的伤口，将她的唇放在他的唇上，竭力要阻止它呼出最后的呼吸来，但当她看出他已是死了时，她便将刺中卡拉洛士的那支矛，矛尖还沾着他的热血的，刺进她的心中，倒在她爱人的身上死去了。

有一个半马人执了一根两牛拖不动的大木，打死了一个拉比斯一边的人；这人的头骨粉碎了，脑浆从口、鼻、眼、耳中流出，异常的可怖。正当这个半马人在掠夺这个死人的衣物时，尼克托却将刀刺死了他。尼克托还杀死了其他几个半马人，其中有一个曾以矛刺伤过他。但在拉比斯人的一边，有一个英雄却很悲凄的丧失了。

这位英雄名卡尼士。她本是一位绝世的美女，艳名久著底萨莱全境。无数的人向她求婚，她都傲慢的拒绝了。但有一天，当她独自在寂寞的海岸上散步时，却为海王普赛顿所强暴。当普赛顿已满所欲，欣悦的对他的新爱人说道："现在请你向我要求什么，我不会拒绝你的。选择你所最要的东西罢！"于是卡尼士说道："你所施于我的强暴，使我产生了一个有力的要求；这要求便是：我以后要永不再能为人所强暴。请你使我不再成为一个妇人。"她说出最后的一句话时，她的声音已变为一个男人的了。真的，海王已允许了她的要求了；他还使卡尼士的身上不受什么任何的伤痕，更不为任何的刀剑所伤。卡尼士便高高兴兴的走了；他度过了很久的男人的生活。这时，他在这场战争中已杀死了不少的半马人；他仗着自己的身体不会受伤，横冲直撞，纵横无敌。有一个半马人对他夸傲的骂道："你在我看来，仍是一个未变的妇人呢！你不记得你的出生么，你忘了你为何得到这个酬报的么，你知道你出的是什么重价乃得到这个男子的伪形的么？你要好好的想想你的出生或你所身受的事，那么，你且用你的熟练的手指去拈针弄线吧，但让男子汉们来打仗。"当他这样的傲骂着时，卡尼士投去一矛，刺中了这个半马人。半马人为痛苦所狂，用长戈直向卡尼士的裸脸上刺去；但这戈却反跳了回去，有如一个石子抛在鼓上，或一个冰雹落在屋顶上一样。于是他走得近了，拔出刀来，刺进卡尼士的身体。那刀却找不到刺进去的地方。"但你总不能逃走！我将用刀锋杀了你，虽然刀尖不利。"半马人叫道。于是他又用他的刀锋横斫在他敌人的腰间。这刀斫在肉上，咯哒一声，有如击在坚硬的云石上，刀锋反而碎了。卡尼士站在他的诧异着的敌人之前，尽他攻击得已经够了，于是他叫道："现在来，让我用我的刀来试试你的身体！"于是他的刀便刺进半马人的身体，这一下已足够致他于死，他还将埋在肉中的刀辗转揽翻着，伤上加了伤。半马人们高声大喊，全都围了上来，他们都向卡尼士一人攻击，许多武器，齐以他的身体为的。卡尼士站在那里，尽着他们攻打，一点也不受伤，这怪诞的现象惊得他们无言。于是一个半马人，名为莫尼考士的说道："啊，这是什么一场羞耻，我们全体乃为一人所辱，而他竟还不是一个男子汉。然而他实是一个男子汉，而我们却反成了他从前的妇人样子了，我们的过人之力有什么用处？我们的双形联合为一，成为最强的生物又有何益？我们乃不是任何女神们或伊克西翁的儿子们了。因为他乃值得为伟大的赫拉的伴侣，而我们乃为半男半女的一个敌人所制胜！来，让我们堆了石块和树干在他身上，一时成了山！让森林将他的不怕金铁的身体压死了！让森林窒塞了他的咽喉，让重量代替了创痕。"他说了，便将一株树干向他的敌人打去。别的半马人都纷纷的效法他，在山上拔起树来；不多一时，俄特律斯便裸无一木，而珀利翁也失去了它的绿阴。卡尼士被压在巨木的山下，他虽竭力的抗拒着，却难得有空气呼吸；他呼吸艰难的，时时要举头到空气中去，抛落了堆在他身上的积木，然而它们却一点也不为之推动；有时他的身体动弹着，这座木山便如地震似的震动着。他的结局，不甚明了。有人说，他的身体直被过重的木山，压到了地府中去。但有人则看见在木堆中飞出一只金翼的鸟，飞到晴空中去。据说，这鸟便是他所变的。但众位英雄们见到卡尼士这么悲惨的毁亡了，便益增愤怒，因怒而狂，各各举刀投矛，向半马人乱斫乱投。他们几乎死灭了半数，其余的则为黑夜的下罩而得救。

此事之后，辟里助士与提修士的友谊益笃。他们各自夸耀着自己的勇力，因此自趋于灭亡之途。因为，辟里助士和提修士各发了狂念，各欲得一个宙斯的女儿为妻。提修士因了辟里助士的帮助，从斯巴达劫走了宙斯与勒达所生的女儿海伦。那时海伦还不过十二岁呢。但辟里助士的选择则落在地府之后珀耳塞福涅的身上。他偕了提修士同下地府要去劫走这位宙斯之女，普路同之妻。但当他们到了地府时，却受了大苦。因为普路同假意的欢迎他们，请他们坐在"忘椅"上，因此他们便被蛇身所缠绕住，不得离开这椅。当赫克里斯到了地府时，他们二人各伸手向他求救。赫克里斯先救出了提修士，当他再要去救辟里助士时，大地却震动有声。赫克里斯知道不能救，便罢了手。辟里助士便永远的留在这忘椅上受罪。

　　但当提修士正在地府中受罪时，海伦的兄弟卡斯托耳与波吕克斯却率领了大军来攻打雅典城。他们攻下了城，夺回了海伦；还拥戴了被逐居国外的王族米尼士透斯，迎他回到雅典为国王。当提修士由地府归来时，有的人说，他即为国王米尼士透斯逐出国外；有的人则说，他回来时，逐去了米尼士透斯，继续在雅典为国王。但过了几时，提修士终于和雅典市民发生了冲突，他们逐他出国。他年老失群，孤立无援的在外飘流着。这是一个英雄的末路！他到了吕科墨得斯那里去；起初，他款待提修士极为殷勤，但后来却失欢了；吕科墨得斯设了一计，将他挤落到一个深渊，跌死了他。